Inhaltsverzeichnis

Das Labyrinth des Schreckens:

Eine Sammlung von Geschichten über Asesinos Seriales, Misterien und Pesadillas, die deine Cordura herausfordern werden - Horror-Geschichten auf Deutsch

Von: Kizer Tlovef

"Die Dunkelheit war schon immer mein Freund, die perfekte Hülle für die Angst." - *Clive Barker.*

Vorwort

Sei vorsichtig, wenn du dieses verfluchte Buch öffnest, denn darin verbergen sich Schrecken, die über unser Verständnis hinausgehen.

Tauche ein in die Seiten von "Das Labyrinth des Terrors" und bereite dich darauf vor, in eine Welt einzutauchen, in der das Unbekannte und das Makabre in einer Atmosphäre des Mysteriums und des Schreckens miteinander verschmelzen.

Die in diesem Buch enthaltenen Geschichten werden dich in dunkle und verstörende Universen transportieren, in denen kosmische Schrecken an jeder Ecke lauern und das Überleben ungewiss ist.

Von der Leere des Weltraums bis zu den dunkelsten Ecken des menschlichen Geistes wird dich jede Geschichte an Orte führen, an denen die Vernunft fraglich und die Realität brüchig ist. Mit einer einfühlsamen und spannenden Prosa ist "Das Labyrinth des Terrors" ein Meisterwerk des Horror-Genres, das dich nicht gleichgültig lassen wird.

Inhalt des Buches

Der Mann mit der dunklen Maske und die Stadtmorde

Das erste Opfer

Die Geschichte beginnt mit der Entdeckung der leblosen Leiche einer jungen Frau in einer dunklen Gasse in der Stadt. Ihr Gesicht ist von einer schwarzen Maske bedeckt und ihr Körper weist zahlreiche Stichwunden auf, als hätte der Mörder sie stundenlang gefoltert.

Die Polizei wird alarmiert, und der mit dem Fall betraute Detective John Parker taucht am Tatort auf, bereit, diesen mysteriösen Fall zu enträtseln. Nachdem er das Offensichtliche gesehen hat, starrt er die Leiche einen Moment lang an und versucht, sich einen Reim auf das zu machen, was er sieht. Denn dieser Tatort ist nicht einfach irgendein Tatort. Detective Parker hat in seiner mehr als 12-jährigen Erfahrung noch nie etwas Vergleichbares gesehen. Der Sadismus, mit dem der Körper der jungen Frau hinterlassen wurde, war brutal. Folterspuren mit allen möglichen Gegenständen zeugten von dem Grauen. Ich wusste, dass dies das Produkt eines kranken und seelenlosen Geistes war. Und ich konnte nicht zulassen, dass er überall Menschen ermordete.

Nach ein paar Minuten füllt sich der Tatort mit Uniformierten und Kriminaltechnikern. Detective Parker befragt alle Zeugen, die sich melden, und überprüft die Sicherheitskameras in der Nähe. Aber es gibt nichts Brauchbares, um den Fall voranzubringen. Die Presse beginnt, Geschichten über den Mord zu veröffentlichen, und die Stadt wird nervös und paranoid. Niemand weiß, wer dieses Verbrechen begangen haben könnte, und die Menschen beginnen sich zu fürchten, insbesondere Frauen, die früh zur Arbeit gehen.

Detective Parker kann das Bild des Opfers mit der schwarzen Maske nicht aus dem Kopf bekommen, es ist ungewöhnlich. Er hat das Gefühl, dass etwas daran seltsam ist, etwas, das nicht passt. Aber er kann es nicht genau zuordnen.

Die Stadt ist in höchster Alarmbereitschaft, und Detective Parker wird vom Gouverneur unter Druck gesetzt, den Mörder zu finden, bevor es ein weiteres Opfer gibt. Doch im Moment kann er nur auf weitere Hinweise warten und versuchen, die Vorgehensweise des Mörders zu verstehen.

Die Ermittlungen des Detektivs

Detective Parker beginnt, den Fall gründlich zu untersuchen. Er befragt die Familie und Freunde des Opfers, um nach Hinweisen zu suchen, die ihn zum Mörder führen könnten. Er trifft sich auch mit den Beamten, die den Tatort untersucht haben, und überprüft die Beweise auf Details, die übersehen worden sein könnten.

Im Laufe der Ermittlungen stellt der Detektiv fest, dass das Opfer ein geheimes Leben führte und möglicherweise in illegale Aktivitäten verwickelt war. Mit Hilfe einiger Informanten findet der Detektiv heraus, dass das Opfer Kontakt zu einem geheimnisvollen Mann mit einer schwarzen Maske hatte, obwohl er zu diesem Zeitpunkt nicht viel wissen konnte.

Trotzdem bleibt der Detektiv mehrere Tage lang ohne konkrete Spur zum Mörder. Bis er es satt hat, in den Ermittlungen festzustecken, und beschließt, die Akten anderer ungelöster Fälle durchzusehen, um nach Mustern oder Ähnlichkeiten zu suchen, die ihm helfen könnten, die für diesen Mord verantwortliche Person zu finden.

Nach stundenlangen Untersuchungen findet Detective Parker eine mögliche Verbindung zwischen dem Mord an der jungen Frau und zwei anderen Mordfällen, die sich viele Jahre zuvor ereignet hatten. In beiden Fällen wurden die Opfer mit schwarzen Masken und zahlreichen Stichwunden und scharfen Gegenständen am ganzen Körper gefunden. Diese Fälle waren jedoch als ungelöst zu den Akten gelegt worden.

Mit diesen neuen Informationen konzentriert sich Detective Parker auf die Suche nach möglichen Verdächtigen, die in die früheren Fälle verwickelt waren. Aber wieder einmal scheinen die Spuren ins Leere zu führen, und das wird zu einem Ärgernis. Der Mörder bleibt für den Detective ein Rätsel, und die Stadt bleibt von der Möglichkeit ergriffen, dass es weitere Opfer gibt oder dass sie gerade geschehen, oder sogar, dass der Mörder seinen Modus Operandi bei den Morden geändert hat, was es für die Ermittlungsabteilung noch komplizierter macht, ihn zu finden.

Der Mann mit der dunklen Maske

Detective Parker ist besessen von der schwarzen Maske, die am Tatort gefunden wurde, und beginnt, alles, was damit zusammenhängt, zu untersuchen. Nach mehrtägigen Ermittlungen findet er schließlich ein Kostümgeschäft im Süden der Stadt, in dem eine Maske verkauft wurde, die mit der am Tatort gefundenen identisch war.

Parker befragt den Ladenbesitzer, der ihm Informationen über einen Mann gibt, der vor einigen Monaten eine schwarze Maske gekauft hat, die nach Angaben des Besitzers mit der am Tatort gefundenen Maske identisch ist. Detective Parker spürt den Käufer der Maske auf und findet nach einigen Tagen Detektivarbeit schließlich den Mann, der die fragliche Maske gekauft hatte.

Der Mann entpuppt sich als ein stadtbekannter Straßenkünstler, der sich "Der Mann mit der dunklen Maske oder Pilatus der Maler" nennt. Er erklärt dem Detektiv, dass die Maske zu seiner Garderobe gehörte und dass er sie in der Mordnacht auf seltsame Weise verloren hatte.

Der Detektiv kann nicht glauben, dass dieser scheinbar harmlose Mann in die Morde verwickelt sein könnte. Aber sein Instinkt sagt ihm, dass mehr hinter der Geschichte steckt. Also beschließt Detective Parker, den Straßenkünstler näher zu untersuchen, indem er seine Wohnung aufsucht und seinen Hintergrund überprüft. Aber er findet nichts, was ihn direkt mit den Morden an dem Mädchen und anderen Jahren zuvor in Verbindung bringen könnte. Also beschließt der Detektiv, ihn im Auge zu behalten und seine Bewegungen zu verfolgen, um herauszufinden, ob es etwas Verdächtiges an seinem Verhalten gibt.

Doch als der Detektiv den Mann mit der dunklen Maske beobachtet, geschieht etwas Seltsames. Plötzlich verschwindet der Mann aus dem Blickfeld, und als der Detektiv sich auf die Suche nach ihm macht, findet er eine Blutspur, die in eine nahe gelegene Gasse zu führen scheint. Mit seiner Waffe in der Hand geht Detective Parker in die Gasse und spürt eine Angst, die er noch nie zuvor erlebt hat.

Der zweite Mord

Während Detective Parker weiter im Fall des Mannes mit der dunklen Maske ermittelt, ereignet sich nördlich der Stadt ein weiterer ähnlicher Mord. Eine 21-jährige Frau wird tot in ihrer Wohnung aufgefunden, mit mehreren Stichwunden und einer schwarzen Maske im Gesicht. Der Detective stellt fest, dass der Modus Operandi des Mörders dem des ersten Mordes sehr ähnlich ist und dass der Mann mit der dunklen Maske möglicherweise in beide Fälle verwickelt ist.

Verzweifelt auf der Suche nach Hinweisen beschließt Detective Parker, die Zeugen und möglichen Verdächtigen des ersten Mordes erneut aufzusuchen, um eine Verbindung zum zweiten Mord zu finden. Mitten in den Ermittlungen findet der Detective heraus, dass das zweite Opfer ebenfalls Kontakt zu dem Mann mit der dunklen Maske hatte.

Mit diesen neuen Informationen konzentriert sich Detective Parker darauf, den Mann mit der dunklen Maske zu finden, aber seine Bemühungen scheinen vergeblich zu sein. Der Mörder scheint ihm immer einen Schritt voraus zu sein, und die Stadt gerät immer mehr in Panik, vor allem die Frauen, denn bisher gab es nur zwei Morde, aber zuvor gab es etwa acht ähnliche Morde.

Der Detektiv befindet sich in einem Wettlauf mit der Zeit, um den Mörder zu finden, bevor er noch mehr Schaden anrichtet. Doch der Mann mit der dunklen Maske scheint ein gerissener und schwer zu fassender Gegner zu sein, und die Aufgabe des Detektivs wird immer schwieriger. Beim zweiten Mord wird Detective Parker klar, dass er es mit einem sehr cleveren Serienmörder zu tun hat und dass die Zeit gegen ihn läuft, denn er wird nicht nur vom Gouverneur, sondern bereits vom Präsidenten der Vereinigten Staaten unter Druck gesetzt.

Das Muster hinter den Morden

Nach dem zweiten Mord beginnt Detective Parker, nach Mustern und Hinweisen zu suchen, die ihm helfen, die Identität des Mannes mit der Maske und das Motiv hinter den Morden herauszufinden, oder handelt er einfach nur um des Tötens willen, ohne jeden Hintergrund.

Als er die Ermittlungen vertieft, stellt Parker fest, dass alle Opfer etwas gemeinsam haben: Sie hatten irgendwann vor ihren Morden Kontakt zu dem Mann mit der dunklen Maske gehabt. Außerdem handelte es sich bei allen Opfern um junge, alleinstehende Frauen mit ähnlichen körperlichen und persönlichen Merkmalen.

Detective Parker kommt zu dem Schluss, dass der Mörder ein bestimmtes Muster verfolgt und möglicherweise nach jemandem sucht, der in ein bestimmtes Profil passt. Er vermutet auch, dass der Mörder aus persönlichen Motiven oder aus Rache handeln könnte. Mit diesen Informationen in der Hand beginnt der Ermittler, das Profil des Mörders zu analysieren und seinen möglichen Hintergrund, seine Gewohnheiten und seine Persönlichkeit zu untersuchen. Aber nichts scheint vollständig zu passen, und Tage später ist der Polizist erneut frustriert, weil er in diesem Fall nicht weiterkommt.

In der Zwischenzeit ist der Mörder immer noch auf freiem Fuß und die Stadt ist von Angst und Unsicherheit geprägt. Junge Frauen vermeiden es, nachts allein auszugehen, und die Behörden haben die Sicherheit auf den Straßen erhöht. Doch trotz aller Bemühungen des Detektivs und seiner Ermittlungsabteilung tragen sie kaum Früchte. Parker beginnt zu befürchten, dass der Mörder aus der Stadt entkommen könnte, bevor er gefasst werden kann.

Die Begegnung mit dem Mörder

Nach wochenlangen Ermittlungen entdeckt Detective Parker schließlich einen Hinweis, der ihn in den Stadtpark führt. Dort steht der Mann mit der dunklen Maske vor ihm. Als er merkt, dass er entdeckt wurde, zückt er ein Messer und macht sich daran, den einsamen Detektiv an diesem einsamen Nachmittag in diesem Park fernab der Stadt anzugreifen.

Der Detektiv und der Mörder liefern sich ein spannungsgeladenes Duell, bei dem Detektiv Parker seine Waffe und der Mann mit der dunklen Maske sein scharfes Messer hält. Der Mörder scheint den Moment zu genießen, spielt mit dem Detektiv und verhöhnt seine Bemühungen, ihn zu fangen.

Währenddessen steigt die Spannung im Park, als die Menge mitbekommt, was 200 Meter entfernt passiert. Detective Parker weiß, dass er schnell handeln muss, bevor der Mörder noch einmal entkommt.

Mit seinem ausgeprägten detektivischen Spürsinn nutzt Parker seine Fähigkeiten, um den Mörder auszutricksen und ihn verwundbar zu machen. In einem kühnen Schachzug gelingt es Parker, den Killer auszuschalten und ihm die Maske abzunehmen, ohne einen einzigen Schuss abzugeben, da er ihn lebendig haben wollte, um die Hintergründe zu erfahren.

Zu seiner Überraschung ist der Mann mit der dunklen Maske kein Fremder, sondern jemand, den Parker schon seit langem kennt. Die Enthüllung schockiert den Detektiv, der beginnt, seine eigene Wahrnehmung der Menschen um ihn herum zu hinterfragen. Trotz der Verwirrung und des Schmerzes konzentriert sich Detective Parker auf seine Arbeit und bringt den Mörder vor Gericht. Wenn der Mann mit der dunklen Maske hinter Gittern sitzt, kann die Stadt endlich aufatmen.

Detective Parker weiß, dass man nie weiß, wer sich hinter einer Maske verbirgt, und dass das Böse überall lauern kann, sogar unter unseren Freunden. Aber er weiß auch, dass es seine Aufgabe ist, seine Stadt zu schützen, und dass er weiterhin alles tun wird, um sie zu schützen.

Der Fall des Mannes mit der dunklen Maske ist eine düstere Erinnerung daran, dass das Böse in der Welt existiert, aber auch eine Erinnerung an die Stärke und Entschlossenheit der Menschen, sich ihm zu stellen und es zu überwinden.

Der Flug

Nachdem er den Mörder getroffen hat, stellt Detective Parker fest, dass auch er ein Ziel des Mannes mit der dunklen Maske war. Parker weiß, dass er Maßnahmen ergreifen muss, um sich und seine Familie zu schützen, für den Fall, dass er Komplizen hat.

Wochen später wacht Parker mitten in der Nacht auf und hört ein seltsames Geräusch in seinem Haus. Als er sich seiner Schlafzimmertür nähert, sieht er, dass die Eingangstür aufgebrochen wurde und jemand in sein Haus eingedrungen ist. Parker schnappt sich seine Waffe, versteckt sich hinter einem Möbelstück und wartet auf den Eindringling. Als der Mann mit der dunklen Maske den Raum betritt, feuert Parker, aber der schwer fassbare Mörder bewegt sich schnell und entkommt.

Parker weiß, dass er nicht in seinem Haus bleiben kann, und beschließt zu fliehen, um sich und seine Familie zu schützen. Er schnappt sich ein paar wichtige Habseligkeiten und verlässt das Haus durch die Hintertür. Während er durch die Straßen der Stadt rennt, bemerkt Parker, dass der Mann mit der dunklen Maske ihn verfolgt. Parker weiß, dass er nicht anhalten kann und einen sicheren Ort zum Verstecken finden muss. Er fragt sich nur, wie zum Teufel dieser verdammte Psychopath entkommen oder aus dem Gefängnis entkommen konnte.

Schließlich gelangt Parker zu einem verlassenen Lagerhaus am Rande der Stadt. Schnell sucht er nach einem Weg hinein und entdeckt eine offene Hintertür. Drinnen versteckt er sich hinter einigen Kisten und wartet darauf, dass der Mörder verschwindet.

Nach ein paar Stunden beschließt Parker, dass es sicher ist, aus seinem Versteck zu kommen und Hilfe zu holen. Er geht zur nächsten Polizeistation und kontaktiert seine Kollegen, um sie über die Situation zu informieren.

Detective Parker stellt fest, dass sich sein Leben durch seine Arbeit als Detective für immer verändert hat. Er kann nicht mehr so leben wie früher und muss immer auf der Hut sein, um sich und seine Familie zu schützen. Trotz allem fühlt sich Parker sicher in dem Wissen, dass er alles tut, was er kann, um den Mann vor die Bundesjustiz zu bringen, damit er nie wieder entkommt. Der

Kampf gegen das Böse ist nie zu Ende, aber Parker ist entschlossen, alles zu tun, was er kann, um für die Sicherheit der Stadt zu sorgen.

Ende

Nach der Festnahme des Mörders und der Enthüllung seiner Identität hatte Detective Parker das Bedürfnis, sich eine Auszeit zu nehmen. Er musste weg von der Stadt und von allem, was geschehen war, um alles zu verarbeiten und einen Weg nach vorne zu finden. Parker beschloss, in eine abgelegene Hütte in den Bergen zu fahren, wo er hoffte, den Frieden und die Ruhe zu finden, die er so dringend brauchte. Doch als er dort ankam, stellte er fest, dass die Hütte bereits von jemand anderem bewohnt war.

Ein mysteriöser, schweigsamer Mann lebte dort schon seit Wochen, und er schien nicht bereit zu sein, so schnell wieder zu gehen. Parker versuchte, mit ihm zu sprechen, aber der Mann schien ausweichend und nicht gesprächsbereit zu sein. Parker begann, seltsame Dinge in der Hütte zu bemerken. An der Wand befanden sich Zeichen, die mit Blut geschrieben zu sein schienen, und im ganzen Haus waren seltsame und beunruhigende Gegenstände verstreut. Jedes Mal, wenn der Detektiv den Mann darauf ansprach, zuckte er nur mit den Schultern und ging davon.

Schließlich wurde Parker klar, dass der Mann von ihm besessen war und dass er in die Hütte gekommen war, um ihn zu töten. Die dunkle Maske, die er bei seinen Morden benutzt hatte, lag auf dem Boden der Hütte, und Parker wusste, dass es nur eine Frage der Zeit war, bis der Mann ihn angreifen würde.

In einem verzweifelten Wettlauf gegen die Zeit versuchte Parker, aus der Hütte zu entkommen und Hilfe zu finden. Doch der Mann verfolgte ihn, und der letzte Kampf war brutal und blutig. Am Ende gelang es Parker, den Mann mit der dunklen Maske zu besiegen und aus der Hütte zu entkommen. Aber er war nach dieser Begegnung nicht mehr derselbe. Er wusste, dass er nur knapp überlebt hatte und dass sein Leben nie wieder so sein würde wie zuvor.

Die Geschichte des Mannes mit der dunklen Maske und der Morde in der Stadt war endlich vorbei, aber Detective Parker hatte sich für immer verändert. Das Erlebnis hatte bei ihm eine emotionale Narbe hinterlassen, die nie ganz verheilen würde, und er würde sich immer daran erinnern, wie wichtig es ist, vor den gefährlichen Besessenheiten anderer auf der Hut zu sein. Der Mörder lag tot auf dem Boden der Hütte, erstochen mit seinem eigenen Messer. In der

Zwischenzeit rief Parker, der sich an einem Arm festhielt und verwundet war, sofort seinen Begleitern zu...

Terror auf dem Planeten Ubi

Im Jahr 2067 begab sich ein 15-köpfiger Erkundungstrupp interstellarer Schiffe des Unternehmens Asukion auf die Südseite des Planeten Hermo, um die Erdkruste zu erforschen. Auf dem Weg dorthin stellten sie fest, dass sie so etwas noch nie bei einer ihrer früheren Missionen gesehen hatten.

In der Ferne entdeckten sie seltsame Konstruktionen und Gewölbe, die schon seit Jahrhunderten zu existieren schienen. Das war ungewöhnlich, denn bei ihren früheren Missionen hatten sie keine Hinweise auf alte Zivilisationen gefunden. Als sie näher kamen, wurde ihnen klar, dass dieser unheimliche Ort ein Rätsel war und dass etwas Unbekanntes diese Stätten vor Milliarden von Jahren bewohnt hatte.

Als die Forscher genauer nachforschten, entdeckten sie ein unheimliches Objekt, das die Form einer Eidechse hatte, aber humanoid aussah. Es war abscheulich, grotesk und schien zu keiner bekannten Spezies auf den verschiedenen Planeten, die sie erkundet hatten, zu gehören. Daher wussten sie nicht, was sie damit anfangen sollten, aber nachdem sie ein paar Minuten darüber nachgedacht hatten, es in Ruhe zu lassen, veranlasste sie die Neugier, es genauer zu untersuchen.

Und bald wurde ihnen klar, dass dieses unheimliche Objekt nicht einmal in ihren kühnsten Albträumen vorstellbar war. Aus wissenschaftlicher Sicht gab es keine logische Erklärung für seine Existenz, aber es schien schon seit Jahrhunderten dort zu sein. Die Asukion-Forscher konnten sich nicht erklären, wie es so lange unbemerkt geblieben war.

Allmählich stieg die Spannung in der Forschergruppe. Das Objekt schien eine seltsame Wirkung auf ihre Psyche zu haben und verursachte Alpträume und schreckliche Visionen bei denen, die es untersuchten, d.h. bei denen, die es spürten. Bald entdeckten sie, dass etwas Unheimliches geschah, etwas, das sie nicht verstehen konnten.

Als der Spähtrupp das abscheuliche Objekt weiter untersuchte, bemerkten sie seltsame Veränderungen in ihrer Umgebung. Plötzlich verdunkelte sich der Himmel, und die Berge bebten wie bei einem schrecklichen Erdbeben. In diesem

Moment wurde ihnen klar, dass sie etwas Gefährliches ausgelöst hatten und nun in großer Gefahr schwebten.

Und nur wenige Sekunden später begann das Objekt plötzlich, eine dunkle Energie freizusetzen und unbekannte Kreaturen von wer weiß woher anzuziehen. Die Situation wurde verzweifelt und beängstigend, und die Forscher erkannten, dass sie den Ansturm dieser teuflischen Wesen nicht überleben konnten. So beschlossen sie auf Bitten der Unbesonnenen zu fliehen und in den Gewölben, die sie zuvor entdeckt hatten, Zuflucht zu suchen.

Die Gewölbe boten jedoch nicht viel Zuflucht, als sie dort ankamen. Sie entdeckten, dass sie auch mit jenen verfluchten Kreaturen gefüllt waren, die anscheinend zu einem unbekannten Zweck dort eingesperrt worden waren. Diese Wesen schienen keine freundlichen Absichten zu haben und stürzten sich auf die Entdecker, die um jeden Preis um ihr Leben kämpften.

Die Situation wurde immer bedrohlicher. Die Forscher sahen sich gezwungen, aus den Gewölben in das riesige Gebirge darunter zu fliehen. Doch die Kreaturen folgten ihnen, und bald waren sie in einer ausweglosen Situation gefangen.

Als die Situation immer schlimmer wurde und ihre Hoffnungen schwanden, begannen sich einige zu fragen: Wie sollten sie diesen Alptraum überleben? Ein Mitglied der Gruppe hatte jedoch eine Idee. Er erinnerte sich daran, dass er in der Asukion-Anlage eine Karte gesehen hatte, auf der ein geheimer Weg zu einem versteckten Unterschlupf im Gebirge eingezeichnet war. Vielleicht könnten sie dorthin gelangen und einen Weg finden, um sich vor solchen Dingen zu schützen.

Mit dieser neuen Hoffnung beeilte sich die Gruppe, dem geheimen Pfad zu folgen, der von Samuk, einem der Jungen, beschrieben wurde. Doch der Weg war alles andere als einfach, denn sie kämpften auf Schritt und Tritt gegen Kreaturen und Gefahren. Doch schließlich erreichten sie den Unterschlupf. Dort angekommen, fanden sie etwas, womit sie nie gerechnet hatten: eine uralte Zivilisation, die seit Äonen im Kosmos verborgen war. Diese Zivilisation wusste von dem abscheulichen Objekt und hatte ein tiefes Wissen über die Kreaturen, die das Gebirge bewohnten.

In Wahrheit erkannten die Forscher, dass sie über etwas Gefährliches gestolpert waren, aber sie entdeckten auch eine Quelle unschätzbaren Wissens, die alles, was sie über das Leben im Universum und die Wissenschaft wussten, verändern könnte.

Die Entdecker wurden von den Bewohnern der alten Zivilisation begrüßt, die sie mit Neugier und Staunen willkommen hießen. So entdeckten die Forscher bald, dass diese Zivilisation lange Zeit vor ihren Feinden verborgen war, geschützt durch ein unsichtbares Schild, das sie vor den Kreaturen, die das Gebirge bewohnten, bewahrte.

Die uralte Zivilisation bestand aus seltsamen, mächtigen und seltsam aussehenden Wesen mit Fähigkeiten, die alles übertrafen, was die Entdecker je gesehen hatten. Sie erfuhren, dass es sich bei dem abscheulichen Objekt um eine uralte Waffe handelte, die von einer vor langer Zeit verschwundenen außerirdischen Rasse geschaffen worden war. Diese Waffe hatte die Macht, ganze Welten zu zerstören, und war von der alten Zivilisation versiegelt worden, um zu verhindern, dass sie in die falschen Hände geriet, in Hände, die ganze Galaxien von Leben auslöschen konnten.

In diesem Moment sahen sich die Menschen und erkannten, dass sie einen großen Fehler begangen hatten, als sie dieses abscheuliche Objekt erweckten und es in ein Wesen verwandelten. Doch die Bewohner der alten Zivilisation boten ihnen eine Lösung an. Es gab ein uraltes Ritual, das durchgeführt werden konnte, um das Objekt wieder zu versiegeln und es daran zu hindern, weiteren Schaden anzurichten.

Die Pfadfinder erklärten sich bereit, bei dem Ritual zu helfen, mussten aber bald feststellen, dass es einen Preis hatte. Um das Ritual durchzuführen, mussten sie etwas von unschätzbarem Wert opfern. Zuerst waren sie unsicher, was sie opfern könnten, aber bald wurde ihnen klar, dass das einzig Wertvolle, was sie hatten, ihr eigenes Leben war.

Mit großem Bedauern brachten sich die Forscher als Opfer dar, um das abscheuliche Objekt zu versiegeln und das Universum vor seiner zerstörerischen Kraft zu schützen. Die Bewohner der alten Zivilisation führten das Ritual mit Sorgfalt und Präzision durch, versiegelten das Objekt und sorgten dafür, dass es nie wieder erweckt werden konnte.

Die Entdecker hatten scheinbar das Universum gerettet, aber auf Kosten ihres eigenen Lebens. Ihr Opfer würde nicht in Vergessenheit geraten, und ihr Vermächtnis würde sich unauslöschlich in das Gedächtnis vieler Lebewesen einprägen. Die alte Zivilisation würde ihr Andenken für immer in Ehren halten und sich an die mutigen Entdecker erinnern, die sich auf dem Altar des Universums opferten.

Das Universum war wieder sicher, und die uralte Zivilisation würde im Verborgenen weiterbestehen und das Universum vor jeder Gefahr schützen, die entstehen könnte. Die Entdecker hatten ihren Zweck erfüllt, und obwohl sie einen hohen Preis gezahlt hatten, war ihr Opfer nicht umsonst gewesen.

Das Geheimnis des felsigen Planeten UB65

Kapitel 1: Die Reise ins Unbekannte

Das Raumschiff "Calypso" hob von der Basis der Galaktischen Föderation ab, um zu einer Erkundungsmission zum geheimnisvollen Felsenplaneten UB65 aufzubrechen. Die Besatzung bestand aus sechs Planetenerkundungsexperten, jeder mit einzigartigen Fähigkeiten und Spezialisierungen für die Mission.

Der Kommandant des Schiffes, Kapitän Miller, grüßte jeden seiner Besatzungsmitglieder, bevor er abhob. Als sie abhoben, beobachtete das Team, wie die Basis am Horizont verschwand. Sie waren allein und begaben sich auf eine Mission ins Unbekannte. Das Schiff war mit der neuesten Forschungs- und Verteidigungstechnologie ausgestattet und bereit, sich jeder Herausforderung auf dem Felsenplaneten oder einem anderen Planeten zu stellen. Die Besatzung war nervös, aber auch aufgeregt über das, was sie auf ihrer 25. Mission entdecken würden, und nach ihren bisherigen Forschungen vielleicht ihre bisher wichtigste.

Während des ersten Teils der Reise machte sich die Besatzung mit den Systemen des Raumschiffs vertraut und legte eine tägliche Routine fest. Die Wissenschaftler analysierten Daten, die sie bei früheren Erkundungsmissionen gesammelt hatten, und bereiteten sie für den Einsatz auf dem Felsplaneten UB65 vor. Das Sicherheitsteam sorgte dafür, dass die Waffen im Falle eines Notfalls oder eines unvorhergesehenen Ereignisses einsatzbereit waren.

Je mehr sich das Schiff dem Felsenplaneten UB65 näherte, desto angespannter wurde die Besatzung, was ganz natürlich war. Sie wussten nicht, was sie auf dem Planeten vorfinden würden, aber sie wussten, dass er auf irgendeine Weise gefährlich sein würde, auch wenn sie nicht wussten, warum. Die Besatzung bereitete sich auf die Landung auf dem Planeten vor, wobei die Verteidigungssysteme und Triebwerke des Schiffes für jeden Notfall bereit waren.

Schließlich landete das Schiff auf der Südseite des felsigen Planeten UB65. Die Triebwerke schalteten sich ab, und Stille erfüllte das Schiff. Die Besatzung bereitete sich darauf vor, die Luke zu öffnen und den Planeten zu verlassen, ohne zu wissen, welche Gefahren sie dort draußen erwarteten.

Kapitel 2: Ankunft auf dem felsigen Planeten UB65

Die Schiffsluke öffnete sich langsam, und die Besatzung trat auf den felsigen Planeten UB65 hinaus. Die Luft war dick und schwer, und das Sonnenlicht war schwach, was eine Atmosphäre schuf, die sowohl geheimnisvoll als auch bedrohlich war.

Das Sicherheitsteam ging zuerst hinaus, erkundete die Umgebung und sicherte das Gebiet, bevor es dem Rest der Besatzung erlaubte, das Schiff zu verlassen. Die Wissenschaftler begannen mit der Analyse der Zusammensetzung des Bodens und des Gesteins, während das Sicherheitsteam nach Anzeichen für intelligentes Leben suchte.

Nach mehreren Stunden der Erkundung hatte die Besatzung immer noch nichts Interessantes gefunden. Der Planet wirkte trostlos und leblos. Dennoch ließ die Besatzung ihre Wachsamkeit nicht sinken, immer mit ihrer Waffe. Sie wussten, dass auf diesem unbekannten Planeten ohne vorherige Erkundung alles passieren konnte.

Nach etwa 4 Stunden fand das Sicherheitsteam plötzlich einen unterirdischen Eingang auf einem nahe gelegenen Hügel. Der Eingang war hinter einem riesigen Felsen versteckt und mit dem bloßen Auge nur schwer zu erkennen. Das Team näherte sich vorsichtig, bereit, sich jeder Gefahr zu stellen, für den Fall, dass grüne Männer herauskamen.

Beim Betreten der Höhle entdeckte die Besatzung ein System von unterirdischen Tunneln, die in den Fels des Planeten gehauen waren. Die Tunnel sahen uralt und abgenutzt aus, was darauf schließen ließ, dass sie vor langer Zeit von intelligenten Wesen gebaut worden waren.

Als die Besatzung in der Aufregung, Beweise für außerirdisches Leben gefunden zu haben, die Tunnel erkundete, hörten sie ein seltsames und beängstigendes Geräusch, das aus dem Inneren der Höhle zu kommen schien. Die Besatzung hielt an und lauschte einige Minuten lang aufmerksam, um die Quelle des Geräusches zu entdecken.

Plötzlich packte etwas das nächstgelegene Mitglied des Sicherheitsteams und zerrte ihn in die Dunkelheit, was fürchterlich war, nur um einen Schrei von seinem Kameraden Bobby zu hören. Die anderen Besatzungsmitglieder zogen ihre Waffen und begannen, nach ihrem vermissten Kameraden zu suchen. Doch was sie fanden, verschlug ihnen den Atem. Der Kamerad war von einer unbekannten Kreatur angegriffen worden, deren riesige, groteske Wunden scharfe Klauen und spitze Zähne erkennen ließen. Die Besatzung bereitete sich auf den Kampf vor, aber die Kreatur verschwand in der Dunkelheit, bevor sie ihre m16 aktivieren konnten.

Die Besatzung war entsetzt, aber sie wusste, dass sie weitermachen musste. Sie wussten, dass die unterirdische Höhle von etwas Unheimlichem bewohnt war, und sie mussten herausfinden, was es war. Sie konnten noch nicht umkehren, denn diese Reise war seit vielen Monaten geplant.

Kapitel 3: Die Erkundung der Oberfläche des Planeten

Nach der unheimlichen Begegnung in der unterirdischen Höhle beschloss die Besatzung, die Oberfläche des Planeten zu erkunden. Die Atmosphäre des Planeten war dicht und die Luft schwer zu atmen, aber die Besatzung war entschlossen, zu entdecken, was auf dem Felsplaneten UB65 verborgen war.

Bei ihren Erkundungen stießen sie auf uralte Ruinen, vielleicht von einer unbekannten Zivilisation. Die Ruinen waren bereits bröckelig und schienen vor langer Zeit verlassen worden zu sein. Die Besatzung bemerkte jedoch etwas Seltsames an den Ruinen: eine seltsame Energie, die von ihnen auszugehen schien.

Nach ein wenig Erkundung fand die Gruppe einen versteckten Eingang zu den Ruinen. Der Eingang war durch seltsame, in den Fels gehauene Zeichen geschützt und schien der Eingang zu einem Tempel oder Schrein zu sein.

Nach anfänglichem Zögern fassten sie Mut, betraten den Tempel und entdeckten eine Reihe von Räumen und Gängen, die es in der Architektur des Landes noch nie gegeben hatte. Die Wände waren mit seltsamen Schriften und archaischen Symbolen bedeckt, und in jedem Raum gab es seltsame Statuen und blasphemische Artefakte. Als die Besatzung den Tempel untersuchte, begann sie eine seltsame Präsenz zu spüren, die sie in der Dunkelheit verfolgte, obwohl sie in ihrem Inneren eher verwirrt waren von dem Unbekannten jenseits der lebenden Kreaturen in diesen angrenzenden Ruinen.

Und dann geschah es... Plötzlich wurde die Besatzung von einer seltsamen und unheimlichen Kreatur mit Tentakeln und scharfen Zähnen angegriffen. Die Kreatur schien ein Wächter der Ruinen zu sein und war entschlossen, den Tempel um jeden Preis zu schützen.

Die Besatzung bekämpfte die Kreatur mit all ihren Fähigkeiten und fortschrittlichen Waffen. Die Kreatur schien jedoch unzerstörbar zu sein, und die Besatzung verlor den Kampf und auch die Munition ging ihr aus.

Gerade als es so aussah, als sei alles verloren, entdeckte die Mannschaft eine Schwachstelle in der Kreatur. Mit Hilfe ihres Verstandes und ihrer Fähigkeiten gelang es der Mannschaft, die Kreatur zu besiegen und aus dem Tempel zu entkommen, wenn auch nicht ganz unversehrt. Als die Besatzung sich von den

Ruinen entfernte, erkannte sie, dass sie etwas viel Größeres und Unheimlicheres entdeckt hatte, als sie sich jemals vorgestellt hatte. Das Geheimnis des Felsenplaneten UB65 war tiefer und gefährlicher, als sie erwartet hatten, und sie befanden sich zweifellos in großer Gefahr.

Kapitel 4: Die erste Andeutung eines Geheimnisses

Nach der makabren Begegnung mit der Kreatur im Tempel beschloss die Crew, dass sie mehr Informationen über den Planeten und seine Geschichte brauchte. Also begaben sie sich zu einer der größten Ruinen, die sie auf der Oberfläche des Planeten gefunden hatten. Als sie die Wände der Ruinen untersuchten, bemerkte eines der Besatzungsmitglieder namens Rotty ein seltsames Symbol, das in den blasphemisch aussehenden Fels geritzt war. Das Symbol schien eine Art Karte oder Wegweiser zu sein, der den Standort von etwas Wichtigem auf dem Planeten anzeigte.

Also beschloss die Mannschaft, der Karte zu folgen und zu sehen, wohin sie führen würde. Sie reisten mehrere Tage lang und begegneten unterwegs vielen Gefahren, bis sie schließlich zu einer Höhle tief in einem Berg kamen. Die Höhle war voller seltsamer Felsformationen, von denen eine seltsame Energie auszugehen schien. Die Gruppe ging weiter in die Höhle hinein, bis sie schließlich zu einer großen Kammer gelangten. In der Mitte der Kammer befand sich ein seltsames Objekt, das eine Art Portal oder Tür zu sein schien. Die Mannschaft näherte sich dem Objekt vorsichtig und erkannte bald, dass es sich um weit mehr als nur ein uraltes Artefakt handelte.

Das Objekt war mit einer seltsamen und starken Energie geladen, die auf übernatürliche Weise mit dem gesamten Planeten verbunden zu sein schien. Die Besatzung erkannte, dass sie den Schlüssel zur Entschlüsselung des Geheimnisses des Felsplaneten UB65 gefunden hatte, aber gleichzeitig bedeutete es auch etwas: eine latente Gefahr mit möglicherweise tödlichen Folgen, wenn sie noch länger blieben. Auch die Energie des Objekts schien gefährlich und unbekannt zu sein. Die Besatzung beschloss, dass sie mehr Informationen brauchte, bevor sie entscheiden konnte, wie sie mit dem Objekt umgehen wollte.

Als sie das Objekt untersuchten, wurde der Mannschaft klar, dass sie nicht allein in der Höhle waren. Etwas bewegte sich in den Schatten hinter ihnen und lauerte. Die Besatzung machte daraufhin ihre Schusswaffen bereit und trotzte der Dunkelheit, ohne zu wissen, was sie in der Höhle erwartete. Das Geheimnis des Felsplaneten UB65 begann sich zu lüften, aber die Besatzung wusste immer noch nicht, welche Gefahren in den Schatten lauerten, ob die Dunkelheit von vor wenigen Augenblicken real war oder nur eine einfache Pareidolie, ein Produkt ihrer Angst und Furcht vor dem Unbekannten.

Kapitel 5: Dem Geheimnis auf der Spur

Nachdem die Besatzung der USS Odyssey das seltsame Objekt in der tiefen Höhle gefunden hatte, stellte sie fest, dass sie mehr Informationen brauchte, bevor sie entscheiden konnte, was sie damit machen wollte. Sie beschlossen, sich in Gruppen aufzuteilen und verschiedene Teile des Planeten auf der Suche nach Antworten zu erkunden. Eine Gruppe machte sich auf den Weg in die Berge, um die seltsamen Felsformationen, die sie zuvor gesehen hatten, weiter zu untersuchen. Als sie tiefer in die Berge vordrangen, erlebte die Gruppe seltsame Visionen und Halluzinationen.

Zunächst dachten sie, dass dies möglicherweise auf den Sauerstoffmangel in der Atmosphäre des Planeten zurückzuführen war, doch dann wurde ihnen klar, dass etwas anderes im Spiel war. Die Visionen, die sie erlebten, schienen mit der Geschichte des Planeten und seiner uralten Zivilisation zusammenzuhängen, etwas, das für sie unvorstellbar und doch unerklärlich war.

Die Gruppe fand heraus, dass die ursprünglichen Bewohner des Planeten vor Tausenden von Jahren eine fortschrittliche und mächtige Rasse waren, die große Städte gebaut und die Energietechnik beherrscht hatte. Doch irgendetwas war mit ihrer Zivilisation furchtbar schief gelaufen, und sie waren schließlich ausgestorben.

Bei der Erkundung der Berge entdeckte die Gruppe auch eine Reihe von unterirdischen Tunneln, die Teil eines fortschrittlichen Transportsystems zu sein schienen. Die Tunnel führten zu einer großen Kammer, die eine seltsame Energie enthielt, die mit dem Objekt, das sie in der Höhle gefunden hatten, in Verbindung zu stehen schien.

Die Gruppe beschloss, die anderen Besatzungsmitglieder über ihre Erkenntnisse zu informieren, und Stunden später trafen sie sich auf dem Schiff, um ihre Ergebnisse zu besprechen. Die Besatzung beschloss, dass sie mehr Informationen brauchte, bevor sie entscheiden konnte, wie sie mit dem seltsamen Objekt umgehen sollte, und begann, nach Hinweisen darauf zu suchen, wie die alten Bewohner des Planeten mit der Energie umgegangen waren.

Bei ihren Nachforschungen geriet die Mannschaft zunehmend in Gefahr. Oft schien es, als ob sie etwas verfolgte, aber sie konnten die Quelle der Gefahr nie finden. Sie erkannten, dass sie es mit etwas viel Größerem und Gefährlicherem zu tun hatten, als sie es sich vorgestellt hatten. Das Geheimnis des Felsenplaneten UB65 begann sich zu lüften, aber es gab noch viele Unbekannte, die gelöst werden mussten.

Kapitel 6: Das Geheimnis wird immer gefährlicher

Die Spannung auf dem Schiff stieg mit dem Fortschreiten der Untersuchungen. Die von der Planetenoberfläche gesammelten Daten und Proben deuteten auf das Vorhandensein von etwas Gefährlichem und Unbekanntem hin. Das Wissenschaftsteam arbeitete hart an der Analyse der Daten, während der Rest der Besatzung die Oberfläche ständig im Auge behielt.

Zu diesem Zeitpunkt ereignete sich der erste Zwischenfall. Eines der Mitglieder des wissenschaftlichen Teams wurde tot in seinem Zimmer aufgefunden. Sein Körper war mit seltsamen Spuren übersät und es gab keine Anzeichen eines Kampfes. Die anderen Mitglieder des Teams waren entsetzt und begannen zu spekulieren, was auf dem Planeten vor sich gehen könnte. Und von diesem Moment an wurde die Spannung auf dem Schiff spürbar. Die Besatzungsmitglieder hatten immer mehr seltsame Visionen, hörten unerklärliche Geräusche und spürten die Anwesenheit von etwas, das immer näher kam. In diesem Moment beschloss der Kapitän, dass drastische Maßnahmen ergriffen werden mussten, um sich zu schützen, und befahl allen Besatzungsmitgliedern, jederzeit Waffen zu tragen.

Doch die Situation wurde noch gefährlicher, als ein weiteres Besatzungsmitglied auf mysteriöse Weise verschwand. Trotz aller Bemühungen, ihn zu finden, konnte keine Spur von ihm gefunden werden. Die Besatzung war verängstigt und zunehmend davon überzeugt, dass sie es mit etwas zu tun hatte, das sie nicht begreifen konnten. Das Geheimnis um den Felsenplaneten UB65 war gefährlich und tödlich geworden, und die Besatzung befand sich in einer äußerst gefährlichen Situation.

Was könnte in den Schatten lauern? Wie könnten sie sich vor dem Unbekannten schützen? Die Antworten standen noch aus, aber der Preis könnte hoch sein.

Kapitel 7: Die Spannung steigt

Zweifelsohne wurden sie von Angst zerfressen. Die Besatzung war in ständiger Alarmbereitschaft und versuchte, Hinweise zu finden, die ihnen helfen könnten, das Geheimnis des Felsenplaneten UB65 zu verstehen. Aber es wurde immer schwieriger, die Angst zu ignorieren, die hinter jeder Ecke lauerte. Auf dem Schiff herrschte Stille, die nur durch das Geräusch der wissenschaftlichen Instrumente und das nervöse Flüstern der Besatzung unterbrochen wurde. Alle fühlten sich beobachtet, verfolgt von etwas, das sie nicht sehen konnten. Und inmitten dieser Spannung begannen sich seltsame Dinge zu ereignen. Es muss gesagt werden, dass dies nicht erklärt werden konnte, denn das Schiff war vollständig umschlossen, so dass theoretisch nichts von außen hätte eindringen können.

Die erste, die etwas Seltsames bemerkte, war Officer Rocky Gina, Leiterin der Kommunikationsabteilung, die berichtete, dass sie ein Funksignal empfangen hatte, das nicht zurückverfolgt werden konnte. Die Wissenschaftler versuchten, das Signal zu analysieren, konnten aber keine rationale Erklärung für seinen Ursprung finden. Das Signal war eine Mischung aus menschlichen Stimmen, quietschendem Glucksen und seltsamen Geräuschen, als ob es sich um eine verzerrte und verzweifelte Kommunikation handelte.

Plötzlich meldete ein Besatzungsmitglied, auf der anderen Seite des Schiffes eine seltsame Gestalt im Korridor gesehen zu haben, ein humanoid aussehendes Wesen mit entstellten Gesichtszügen und glühenden Augen. In diesem Moment wurde die Angst unerträglich und die Besatzung begann, ihren Verstand zu verlieren. Sie fingen an, sich untereinander zu streiten und beschuldigten sich gegenseitig, Informationen zu verheimlichen oder in das Geheimnis verwickelt zu sein. Die Besatzungsmitglieder wurden zu einer Bedrohung für sich selbst und für die Mission selbst. Alle misstrauten sich gegenseitig.

Daher musste der Kapitän, der vernünftigste der Gruppe, extreme Maßnahmen ergreifen, um die Kontrolle zu behalten und die Besatzung zu schützen. Er ordnete eine Ausgangssperre an und beschränkte den Zugang zu bestimmten Bereichen des Schiffes auf einige Mitglieder. Doch die Spannungen nahmen zu, und es war klar, dass etwas Schreckliches passieren würde.

Kapitel 8: Der finale Showdown

Nach einigen Stunden, als sie sich etwas beruhigt hatten, beschlossen sie, das Schiff zu verlassen, um sich ein für alle Mal dem Ding zu stellen, das sie verfolgte. Wenn sie schon sterben mussten, dann doch lieber auf den Beinen und nicht wie Feiglinge, so sagte es zumindest der Kapitän. Das bis an die Zähne bewaffnete Team bewegte sich auf den Eingang des unterirdischen Bauwerks zu. Die Spannung war spürbar, und jeder von ihnen wusste, dass sie sich etwas Gefährlichem und Unbekanntem stellen mussten.

Als sie das Gebäude betraten, befanden sie sich in einem dunklen, engen Korridor. Die Sensoren zeigten an, dass die Quelle des Geheimnisses tief im Inneren des Gebäudes lag. Als sie weitergingen, hörten sie seltsame Geräusche, und ihre Lichter erhellten kaum ihren Weg.

Plötzlich stießen sie irgendwo auf dem Weg auf einen großen Raum mit einem schwachen Licht, das aus der Wand zu kommen schien. Als sie näher kamen, entdeckten sie eine Tür, die in einen noch größeren Raum zu führen schien. Es muss gesagt werden, dass alles um sie herum seltsam aussah. Als sie die Tür öffneten, fanden sie eine riesige Kammer mit hohen Decken und einem massiven Gegenstand in der Mitte. Sie konnten nicht erkennen, um was es sich handelte, aber sie konnten seine furchterregende Energie spüren.

Plötzlich tauchte eine dunkle Gestalt hinter ihnen auf. Sie war groß und muskulös, mit schuppiger Haut und glühend roten Augen, kurzum: Sie war die Blasphemie des Lebens. Sie stieß ein ohrenbetäubendes Gebrüll aus und stürzte sich auf sie.

Das Team feuerte mit seinen M16-Waffen, aber es schien, als könnte nichts die Kreatur aufhalten. Da bemerkten sie, dass das massive Objekt in der Mitte des Raumes hell leuchtete. Und dann erfüllte eine Explosion aus blendendem Licht den Raum und die Kreatur löste sich in Luft auf. Das Objekt in der Mitte des Raumes war verschwunden und das Rätsel schien endlich gelöst zu sein.

Ohne Zeit zu verlieren, verließ das Team das Bauwerk, erschöpft, aber erleichtert, die Konfrontation überlebt zu haben, von der sie nach eigenen Worten nicht wussten, was sie gewesen war, und die für einige wie ein Traum erschien. Sie kehrten zu ihrem Schiff zurück, bereit, den Felsenplaneten UB65 und seine dunklen Geheimnisse hinter sich zu lassen und nie wieder zurückzukehren, damit dieses Ding nicht wieder auftaucht.

Kapitel 9

Zurück auf ihrem Schiff nahm sich das Team einen Moment Zeit, um sich auszuruhen und über das nachzudenken, was sie auf dem Felsenplaneten UB65 erlebt hatten. Alle waren sich einig, dass es eine der gefährlichsten und aufregendsten Missionen war, die sie je unternommen hatten.

Nach Auswertung der gesammelten Daten und Beweise konnten sie das Geheimnis um die unterirdische Struktur und die furchterregende Kreatur lüften. Sie entdeckten, dass das Bauwerk von einer alten außerirdischen Zivilisation errichtet worden war, die vor Tausenden von Jahren verschwunden war. Die Kreatur war das Ergebnis eines fehlgeschlagenen Experiments dieser Zivilisation, eine genetische Kreation, die unkontrollierbar und gefährlich geworden war. Bei dem massiven Objekt in der Mitte des Raumes handelte es sich um eine extrem starke Energiequelle, die die Ursache für die Explosion war, durch die die Kreatur möglicherweise ausgelöscht wurde.

Nachdem das Rätsel gelöst war, bereitete sich das Team darauf vor, nach Hause zurückzukehren und dem Unternehmen seine Ergebnisse zu präsentieren. Sie wussten, dass diese Mission lange in Erinnerung bleiben würde, und sie waren stolz darauf, daran beteiligt gewesen zu sein.

Bei der Landung auf der Erde wurde das Team mit Beifall und Glückwünschen empfangen. Ihre erfolgreiche Mission hatte ihnen einen Platz in der Geschichte der Weltraumforschung gesichert.

Kapitel 10

Das Team der UB65-Felsplanetenmission verteilte sich nach der erfolgreichen Expedition in verschiedene Richtungen. Einige gingen in den Ruhestand, während andere sich neuen Weltraumforschungsmissionen anschlossen. Sie alle werden jedoch die Erfahrungen, die sie auf dem Felsenplaneten gemacht haben, und das Rätsel, das sie gemeinsam gelöst haben, immer mit sich tragen. Nach dieser Mission war die Weltraumforschung für sie nie mehr dasselbe, und sie fühlten sich alle als Team und als Freunde enger zusammengehörig.

Der Felsplanet UB65 wurde zur Legende unter den Weltraumforschern, und die Geschichte von der uralten außerirdischen Zivilisation und der furchterregenden Kreatur.

Jahre später behaupteten Raumfahrer, die in der Nähe des Felsplaneten UB65 vorbeikamen, seltsame glühende Lichter gesehen und schreckliche Schreie gehört zu haben, die von seiner Oberfläche zu kommen schienen. Obwohl niemand diese Behauptungen bestätigen konnte, glaubten viele immer noch, dass sich etwas Unheimliches unter diesem verfluchten Planeten befand. Und genau aus diesem Grund wagte sich zumindest keine Regierung oder etablierte Unternehmenscrew jemals wieder dorthin. Es gibt jedoch Geschichten unter den Reisenden, dass Weltraumpiraten sich dorthin gewagt haben, und wissen Sie, ob es ihnen gelungen ist, wieder zurückzukehren?

Der Mörder des Volkes der Safara

Die Legende des Safara-Mörders

In dem kleinen Bergdorf Safara gab es eine Legende über einen Mörder, der nachts seine Opfer verfolgte. Es hieß, dass der Mörder nur in Vollmondnächten auftauchte, wenn der Nebel das Dorf bedeckte und die Lichter ausgingen.

Die Dorfbewohner erzählten Horrorgeschichten über den Mörder, der ihnen zufolge einen kalten und grausamen Blick hatte. Die Geschichten erzählten, wie der Mörder seine Opfer ohne Vorwarnung angriff und dass sie, egal wie stark sie waren, nichts tun konnten, um ihn aufzuhalten.

Die Legende wurde von Generation zu Generation weitergegeben, und obwohl nie ein konkreter Beweis für die Existenz des Mörders gefunden wurde, traute sich niemand mehr in Vollmondnächten auf die Straße.

Eines Tages wurde im Wald um das Dorf herum die leblose Leiche einer jungen Frau gefunden. Die Einwohner von Safara gerieten in Angst und Panik, denn dies war der erste Mord seit Jahrzehnten. Die Menschen begannen zu vermuten, dass der legendäre Mörder zurückgekehrt war und dass das Dorf nicht sicher war. Die Gerüchte verbreiteten sich wie ein Lauffeuer in der Stadt, und die Menschen begannen, ihre Türen nachts zu verschließen. Angst und Paranoia erfassten die Stadt, und jeder fragte sich, wer der Mörder sein könnte und was sein nächstes Ziel sein würde.

Die Polizei kam in das Dorf, um den Fall zu untersuchen, fand aber keine Hinweise auf den Mörder. Die Legende war zum Leben erwacht, und Safara wurde wieder in die Dunkelheit der Angst und Ungewissheit gestürzt.

Der seltsame Besucher in der Stadt

Die Ankunft des Detektivs im Dorf Safara brachte frischen Wind in die Mordermittlungen. Er war ein streng aussehender Mann mit einem harten Gesichtsausdruck und einem Händchen für die Aufdeckung von Lügen. Er hatte viele ähnliche Fälle wie den von Safara untersucht, und sein Ruf eilte ihm voraus.

Als der Detektiv auf dem Polizeirevier der Stadt auftauchte, bemerkten die Leute, dass er ein anderer Mann war als die, die sie bisher gesehen hatten. Seine Augen waren tief und dunkel, und er schien durch Wände sehen zu können. Die Einwohner von Safara fühlten sich in seiner Gegenwart unwohl, waren aber dankbar für seine Hilfe bei der Lösung des Falles.

Der Detektiv begann, die Bürger der Stadt zu befragen, um Hinweise auf den Mörder zu finden. Aber es schien, dass niemand etwas wusste. Es gab viele Gerüchte und Legenden über den Mörder, aber nichts Konkretes, das bei den Ermittlungen helfen konnte.

Der Detektiv bemerkte jedoch etwas Seltsames in dem Dorf. Da war ein Mann, der immer im Schatten stand und aus der Ferne beobachtete. Der Detektiv beschloss, dem Mann zu folgen, und stellte fest, dass er ein seltsamer Besucher in der Stadt war. Der Mann war kurz vor dem ersten Mord in die Stadt gekommen und schien keinen Grund für seine Anwesenheit zu haben. Er hatte weder Familie noch Freunde in Safara und wohnte in einem billigen Motel am Rande der Stadt.

Der Detektiv begann, den seltsamen Besucher zu untersuchen, und entdeckte, dass seine Vergangenheit düster war. Er war bereits in mehrere Mordfälle verwickelt gewesen, aber nie von der Polizei gefasst worden. Dem Detektiv wurde klar, dass dieser Mann der Mörder sein könnte, den er suchte.

Es gab jedoch nicht genügend Beweise, um den seltsamen Besucher festzunehmen, und der Detektiv beschloss, ihm diskret zu folgen, um weitere Informationen zu erhalten. Er wusste, dass er vorsichtig sein musste, denn wenn der seltsame Besucher merkte, dass er verfolgt wurde, könnte er für immer verschwinden.

So begann eine spannende Verfolgungsjagd, bei der der Detektiv versuchte, die Wahrheit über den seltsamen Besucher herauszufinden, während dieser weiter durch die Stadt lief.

Die erste Sichtung des Mörders

Die Spannung in der Stadt Safara wuchs mit der steigenden Zahl der Opfer. Trotz der Bemühungen des Detektivs, den Mörder zu finden, schien dieser immer einen Schritt voraus zu sein.

Eines Tages beschloss Ana, eine junge Studentin, die auf dem Weg zur Universität immer durch die Straßen der Stadt ging, nach ihrer Vorlesung einen Spaziergang über den Hauptplatz zu machen. Es war ein sonniger Tag und der Platz war voller Menschen, aber Ana fühlte sich unwohl, als sie bemerkte, dass die meisten Menschen es vermieden, sich gegenseitig in die Augen zu schauen.

Beim Gehen bemerkte Anne einen vermummten Mann, der sie aus der Ferne zu verfolgen schien. Zuerst dachte sie, sie bilde sich das nur ein, aber nach einigen Minuten des Gehens war der Mann immer noch da, stand im Schatten und beobachtete sie. Anne versuchte, ihn zu ignorieren und weiterzugehen, aber sie wurde immer nervöser. Als sie die Ecke erreichte, sah sie den Kapuzenmann aus dem Schatten treten und auf sie zugehen. Anne begann schneller zu gehen, aber der Mann holte sie ein und packte sie am Arm.

Ana schrie, aber der Mann hielt ihr den Mund zu und flüsterte ihr ins Ohr: "Schrei nicht, komm einfach mit mir. Ana versuchte zu fliehen, aber der Mann war stark und zog sie in eine dunkle, verlassene Gasse. Als sie das Ende der Gasse erreichten, ließ der Mann Ana los und drückte sie gegen die Wand. Ana erschrak noch mehr, als der Mann ein Messer zückte und es ihr an die Kehle zu halten begann.

Plötzlich hörte Ana eine Stimme hinter sich. "Halt, Hände hoch!", rief der Detektiv, während er seine Waffe auf den Mörder richtete. Der Kapuzenmann ließ Ana los und begann zu rennen, aber der Detektiv konnte ihn nach einer kurzen Verfolgungsjagd einholen.

Ana brach auf dem Boden zusammen, und als sie wieder aufwachte, lag sie in einem Krankenwagen und wurde von Sanitätern behandelt. Der Polizist sagte ihr, dass der Mann, der sie angegriffen hatte, der Mörder war, der in Safara Menschen umgebracht hatte. Ana würde diesen Tag nie vergessen, und die Stadt Safara würde nach dieser ersten Begegnung mit dem Mörder nie wieder dieselbe sein.

Mord auf dem Friedhof

Die Stadt Safara stand nach der Entdeckung des ersten Mordes unter Schock. Der mit dem Fall betraute Detektiv arbeitete unermüdlich daran, den Mörder zu finden, aber es schien, dass er immer einen Schritt voraus war.

Eines Nachts wagte sich eine Gruppe junger Leute auf der Suche nach Aufregung auf den Dorffriedhof. Sie machten sich auf den Weg zum ältesten Grab des Ortes, in dem ein berühmter Verbrecher aus der Vergangenheit begraben worden sein soll.

Während sie den Friedhof erkundeten, hörten sie ein seltsames Geräusch und merkten, dass sie von jemandem verfolgt wurden. Obwohl sie versuchten zu fliehen, holte der Mörder sie schnell ein. Die jungen Männer versuchten, ihn abzuwehren, aber der Mörder war stark und geschickt. Einer nach dem anderen wurden die jungen Männer mit einem scharfen Messer getötet, und ihre Schreie des Entsetzens hallten über den Friedhof. Die einzige, die entkommen konnte, war ein Mädchen namens Laura, die sich hinter einem Grabstein verstecken konnte, bevor der Mörder sie fand.

Nachdem sie stundenlang schweigend gewartet hatte, beschloss Laura schließlich, aus ihrem Versteck herauszukommen und zum Ausgang des Friedhofs zu laufen. Als sie die Straße erreichte, traf sie auf den Detektiv, der nach einem anonymen Anruf am Tatort eingetroffen war. Laura erzählte dem Detektiv, was geschehen war, und gemeinsam betraten sie den Friedhof auf der Suche nach dem Mörder. Schließlich fanden sie den Mörder hinter einem Baum versteckt, seine Kleidung blutig und sein Messer in der Hand.

Der Detektiv versuchte, den Mörder aufzuhalten, aber er versuchte zu fliehen. Nach einer intensiven Verfolgungsjagd über den Friedhof gelang es dem Detektiv, ihn zu stellen. Der Mörder sagte, er habe die jungen Männer getötet, weil sie in sein Revier eingedrungen seien, und er sei bereit, alles zu tun, um ihn zu schützen. Nach einer geschickten List, bei der er das Messer wegwarf, stürzte er sich in eine Schlucht und konnte entkommen. Die Nachricht von dem Mord auf dem Friedhof erschütterte die Stadt Safara, und die Menschen begannen um ihr Leben zu fürchten. Der Detektiv wusste, dass er den Mörder finden musste, bevor er noch mehr Unheil anrichtete, aber er wusste, dass es nicht einfach sein würde.

Die eskalierende Gewalt des Mörders

Nach dem Mord auf dem Friedhof war die Stadt Safara in höchster Alarmbereitschaft. Die Menschen hatten Angst, auf die Straße zu gehen, und viele Geschäfte schlossen am frühen Abend. Die Gewalttätigkeit des Mörders nahm zu, und er wurde bei seinen Angriffen immer brutaler. Der Detektiv arbeitete unermüdlich an dem Fall, aber es schien, dass der Mörder immer einen Schritt voraus war. Jedes Mal, wenn sie seiner Ergreifung näher kamen, gelang es dem Mörder zu entkommen.

Eines Nachts wurde ein älteres Ehepaar, das von der Kirche zurückkehrte, in einer dunklen Straße von dem Mörder überfallen. Der Mann wurde mehrfach niedergestochen und die Frau brutal zusammengeschlagen. Wie durch ein Wunder überlebte die Frau und wurde in ein Krankenhaus gebracht. Der Detektiv wusste, dass er etwas unternehmen musste, um den Mörder zu stoppen, bevor es weitere Opfer gab. Er beschloss, eine Razzia in der ganzen Stadt zu organisieren, um zu sehen, ob sie Hinweise auf den Aufenthaltsort dieses verfluchten Subjekts finden konnten. Bei der Razzia fanden sie im Haus des Mörders ein Tagebuch, in dem alle seine Verbrechen detailliert beschrieben waren. Außerdem fanden sie alte Zeitungsausschnitte, die von anderen ähnlichen Morden in nahe gelegenen Städten berichteten.

Die Ermittler stellten fest, dass der Mörder kein Fremder in der Gegend war, sondern seit Jahren unentdeckt operierte. Sie fanden auch heraus, dass der Mörder einen Komplizen im Dorf hatte, der ihn bei der Planung der Anschläge unterstützte. Mit diesen neuen Informationen gelang es dem Detektiv, den Komplizen des Mörders ausfindig zu machen und ihn zum Verhör auf die Polizeiwache zu bringen. Nach einem intensiven Verhör gestand der Komplize schließlich, dass der Mörder ein Versteck im Wald hatte, wo er alle seine Werkzeuge und persönlichen Gegenstände aufbewahrte.

Der Detektiv organisierte ein Suchteam, um das Versteck des Mörders im Wald zu finden, und es gelang ihnen schließlich, ihn zu finden. In dem Versteck fanden sie das Messer, das bei den Angriffen verwendet wurde, sowie andere persönliche Gegenstände des Täters.

Die Falle des Mörders

Nachdem sie das Versteck des Mörders gefunden hatten, waren der Detektiv und sein Team sicher, dass sie den Mann gefasst hatten, der für die brutalen Morde verantwortlich war, die Safara seit Monaten in Angst und Schrecken versetzten. Die Beweise konnten nicht falsch sein.

Doch gerade als die Verhandlung beginnen sollte, erhielt der Detektiv einen anonymen Anruf, in dem ihm mitgeteilt wurde, dass ein wichtiges Puzzleteil in dem Fall fehlte. Der Anruf war kurz, aber die Stimme klang beunruhigend, und die Verbindung wurde unterbrochen, bevor der Detektiv irgendwelche Fragen stellen konnte. Der Detektiv beschloss, weitere Nachforschungen anzustellen, und traf sich mit einem Lokaljournalisten, der von Anfang an über den Fall berichtet hatte. Gemeinsam fanden sie einige neue Hinweise und beschlossen, eine Falle zu stellen, um den Mörder anzulocken.

Die Falle schien zu funktionieren, denn kurz darauf erhielten sie einen Anruf von dem Mörder, der sich als der wahre Mörder hinter Safaras Verbrechen vorstellte. Der Detektiv und der Journalist luden ihn unter dem Vorwand eines Exklusivinterviews für die Lokalzeitung an einen öffentlichen Ort vor. Der Mörder kam am vereinbarten Ort an, doch als er den Detektiv und den Journalisten traf, schien etwas nicht zu stimmen. Der Mörder schien ruhiger und selbstbewusster zu sein, als der Detektiv und der Journalist erwartet hatten.

Plötzlich gab sich der Mörder zu erkennen und beschuldigte sie, ihm eine Falle gestellt zu haben. Der anonyme Anruf und die Hinweise waren Teil seines Plans, den Detektiv und den Journalisten in seine Falle zu locken. Der Mörder hatte im Versteck ein Zeichen hinterlassen, das darauf hinwies, dass ein Teil des Falles fehlte, da er wusste, dass der Detektiv nachforschen und ihm eine Falle stellen würde. Der Mörder, der nun den Detektiv und die Journalistin in seiner Gewalt hatte, offenbarte, dass er nicht der einzige Mörder in der Stadt war. Es gab eine geheime Gruppe von Leuten in Safara, die seine Vorliebe für Gewalt und Mord teilten und die alles von Anfang an geplant hatten.

Der Detektiv und der Journalist erkannten, dass sie in die Falle des Mörders getappt waren und ihr Leben in Gefahr schwebte. Doch bevor sie reagieren konnten, wurden sie von der geheimen Gruppe überrascht, die sie als Geiseln nahm und an einen unbekannten Ort brachte.

Der Mörder und die geheime Gruppe schienen größere und dunklere Pläne für die Stadt Safara zu haben, und der Detektiv und die Journalistin gerieten mitten in die Sache hinein.

Die Wahrheit über den Mörder von Safara

Der Detektiv und der Journalist gerieten in die Hände von Safaras geheimer Gruppe, die größere und dunklere Pläne für die Stadt zu haben schien. Nach mehreren Tagen der Gefangenschaft gelang es dem Detektiv und dem Journalisten, ihren Entführern zu entkommen und sich auf den Weg zur Polizeiwache zu machen, um die Behörden zu informieren. Nach einem gründlichen Verhör wurden der Detektiv und der Journalist freigelassen, und die geheime Gruppe wurde verhaftet. Doch während sich der Detektiv und sein Team auf die geheime Gruppe konzentrierten, hallte die mysteriöse Stimme, die er zuvor angerufen hatte, immer wieder in seinem Kopf nach. Wer war diese Person und welche Rolle spielte sie bei all dem?

Entschlossen, Antworten zu finden, untersuchte der Detektiv den Fall noch einmal von Anfang an. Schließlich gelang es ihm nach vielen Mühen, den Schlüssel zur Lösung des Rätsels um Safaras Mörder zu finden.

Die Wahrheit hinter dem Mörder war viel komplexer als zunächst angenommen. Der wahre Mörder, der hinter den Verbrechen steckte, war jemand, den niemand verdächtigt hatte, und er hatte alles aus dem Verborgenen heraus manipuliert. Der Serienmörder, der Safara terrorisiert hatte, war in Wirklichkeit der Sohn des Bürgermeisters der Stadt, der seit seiner Kindheit von Mord besessen war. Er hatte mit der geheimen Gruppe zusammengearbeitet, um die Morde in Safara zu inszenieren, und es war ihm gelungen, seine Identität die ganze Zeit über geheim zu halten.

Der Detektiv war schockiert über diese Enthüllung, aber auch erleichtert, den Fall endlich gelöst zu haben. Doch die eigentliche Herausforderung stand ihm noch bevor: Wie konnte der Detektiv den Sohn des Bürgermeisters für seine Verbrechen zur Rechenschaft ziehen, ohne das Ansehen der Familie des Bürgermeisters zu zerstören? Wie konnte der Detektiv sicherstellen, dass Safara nie wieder in eine solche Krise geriet? Diese Fragen schwirrten ihm im Kopf herum, als der Detektiv und sein Team sich auf den nächsten Schritt in ihren Ermittlungen vorbereiteten. Die Wahrheit hinter dem Mörder war komplexer, als er es sich vorgestellt hatte, aber die Lösung des Falles lag nun in seiner Hand.

Die Jagd nach dem Mörder

Nachdem die Wahrheit hinter Safaras Mörder aufgedeckt worden war, bereiteten sich der Detektiv und sein Team auf die endgültige Jagd nach dem Mörder vor. Sie wussten, dass der Sohn des Bürgermeisters immer gefährlicher und verzweifelter wurde und dass sie ihn fangen mussten, bevor er noch mehr Morde begehen konnte. Nach gründlichen Ermittlungen und dem Verfolgen von Spuren fand das Team schließlich den Aufenthaltsort des verfluchten Mannes. Er versteckte sich in einem verlassenen Haus am Rande der Stadt, umgeben von Fallen und Sicherheitsmaßnahmen.

Das Ermittlerteam war nervös, als es sich dem verlassenen Haus näherte. Sie wussten, dass sie es mit einem gefährlichen und unausgeglichenen 30-jährigen Serienmörder zu tun haben würden. Nachdem sie sich vergewissert hatten, dass sie gut ausgerüstet und auf jede Situation vorbereitet waren, stürmten sie das Haus.

Das Haus war dunkel und düster, und das Detektivteam ging vorsichtig vor und durchsuchte jeden Raum. Schließlich fanden sie den Mörder, der sich in einer dunklen Ecke versteckt hatte, mit einem wahnsinnigen Blick in den Augen.

Der Mörder versuchte, sich zu wehren, wurde aber schließlich gefasst und durch Schläge vor Gericht gebracht. Er wurde vor Gericht gestellt und für seine Verbrechen zu lebenslanger Haft verurteilt. Die Einwohner von Safara konnten endlich aufatmen, denn sie wussten, dass die Gefahr gebannt war.

Doch für den Detektiv blieb ein Gefühl der Unvollständigkeit. Er hatte lange Zeit in dem Fall von Safaras Mörder ermittelt und war dabei auf viele Herausforderungen gestoßen. Was würde nun als Nächstes kommen, was würde sein nächster Fall sein? Der Detektiv wusste, dass er nie aufhören durfte, nach der Wahrheit zu suchen, und er war begierig darauf, sich allen Herausforderungen zu stellen, die in Zukunft auf ihn warten würden.

Die Rückkehr des Mörders

Der Detektiv hatte geglaubt, dass der Fall von Safaras Mörder abgeschlossen sei, aber er hatte sich geirrt. Monate später, in einer regnerischen Nacht, erhielt er einen Anruf, in dem ein neuer Mord in der Stadt gemeldet wurde. Als er am Tatort eintraf, stellte der Detektiv fest, dass die Spuren auf Safaras Mörder hinwiesen, was unglaublich war. Es schien, als sei der Mörder zurückgekehrt und würde wieder töten. Der Detektiv konnte nicht glauben, was geschah. Er hatte den Mörder gefasst und ins Gefängnis gesperrt, wie konnte er da entkommen?

Dem Detektiv wurde klar, dass es um etwas Größeres ging, etwas, das unbemerkt geblieben war. Er erinnerte sich an die Besessenheit des Mörders von der Zahl Sieben und erkannte, dass es ein letztes Opfer gab, das nicht mitgezählt worden war. Ein Opfer, das das siebte sein würde.

Der Detektiv arbeitete unermüdlich daran, das siebte Opfer zu finden, bevor es zu spät war. Er suchte überall nach Hinweisen und kam schließlich zu dem Schluss, dass das letzte Opfer der Richter sein würde, der Safaras Mörder verurteilt hatte. Als der Detektiv am Haus des Richters ankam, fand er die schrecklichste Szene vor, die er je gesehen hatte. Der Mörder war schon früher gekommen und hatte den Richter und seine Familie auf grausame Weise getötet, und wenn ich grausam sage, dann meine ich auch grausam. Dem Detektiv wurde klar, dass der Mörder nicht nur aus dem Gefängnis geflohen war, sondern die ganze Zeit über seine Rache geplant hatte.

Der Detektiv wusste, dass er keine Zeit zu verlieren hatte. Er machte sich erneut auf die Suche nach dem Mörder, denn er wusste, dass die Zahl der Opfer nur noch steigen würde, wenn er ihn nicht bald stoppen würde. Doch trotz all seiner Bemühungen blieb der Mörder unauffindbar.

Der Detektiv fand den Mörder nie wieder, und die Einwohner von Safara lebten jahrelang in Angst und Schrecken, immer auf der Hut, nie sicher, wann der Mörder zurückkehren und erneut töten würde. Der Fall des Mörders von Safara wurde nie gelöst, und die Möglichkeit, dass der Mörder zurückkehren könnte, war immer präsent und ließ die Stadt in einem ständigen Zustand der Angst und Paranoia.

Das Geheimnis des Buches der verfluchten Zeichen

Die Entdeckung des Buches

Die Geschichte beginnt mit einer Gruppe von Archäologen, die mitten in der Wüste ein altes Grab ausgraben. Bei ihrer Suche finden sie in einem geheimen Raum hinter einer gemeißelten Steinwand ein uraltes und staubiges Buch. Das Buch hat keinen Titel auf dem Einband, nur eine seltsame Inschrift in einer unbekannten Sprache.

Einer der Archäologen, Dr. Eduardo Torres, ist von dem Buch fasziniert und beschließt, es zur weiteren Analyse mitzunehmen. In der Zwischenzeit fährt der Rest des Teams mit der Untersuchung des Grabes fort.

Doch in der Nacht verspürt Dr. Torres ein seltsames Unbehagen. Als er das Buch aufschlägt, stellt er fest, dass es voller seltsamer und bedrohlicher Zeichen ist, die er nicht verstehen kann. Während er weiter in dem Buch blättert, fühlt er sich zunehmend unwohl und beunruhigt. Plötzlich beginnt draußen ein starker Wind zu wehen, der die Türen und Fenster des Zimmers heftig zum Wackeln bringt. Dr. Torres stellt zu seinem Entsetzen fest, dass die Zeichen im Buch lebendig zu werden scheinen, und er spürt, dass ihn etwas Dunkles und Böses von draußen beobachtet.

Erschrocken klappt er das Buch zu und versucht zu schlafen, aber er wird das Gefühl nicht los, dass etwas Schreckliches bevorsteht. Im Morgengrauen findet das Archäologenteam Dr. Torres tot in seinem Zimmer auf, mit einem Ausdruck des Schreckens auf seinem Gesicht, der zu seiner etwas leichenhaften Erscheinung hinzukommt. Das Buch liegt aufgeschlagen in seinem Schoß, und die dunklen Zeichen glänzen im Sonnenlicht, das durch das Fenster fällt.

Und von diesem Moment an erlebt die ganze Gruppe von Archäologen seltsame Ereignisse, die mit dem geheimnisvollen Buch in Zusammenhang zu stehen scheinen. Sie beginnen zu begreifen, dass sie etwas viel Gefährlicheres gefunden haben, als sie sich vorgestellt haben, und dass ihr Leben vielleicht am seidenen Faden hängt.

Kapitel 2

Nach dem mysteriösen Tod von Dr. Torres beschließt das Archäologenteam, das Buch genauer zu untersuchen. Bald entdecken sie, dass die Zeichen darin mit einer Reihe von schicksalhaften Ereignissen in Zusammenhang zu stehen scheinen.

Zunächst sind die Anzeichen sehr subtil, wie z. B. ein einfaches Frösteln in der Luft, ein seltsamer Schatten, der sich in einer Zimmerecke bewegt, oder ein seltsames Gefühl, beobachtet zu werden. Doch mit der Zeit werden die Anzeichen offensichtlicher und beunruhigender. Die Teammitglieder beginnen, immer wieder von schattenhaften, unbekannten Gestalten heimgesucht zu werden. Einige von ihnen leiden unter starken Kopfschmerzen, Übelkeit und unerklärlichem Erbrechen. Außerdem stellen sie fest, dass die Tiere in der Umgebung unruhig und ungewöhnlich aggressiv geworden sind.

Außerdem scheinen die Zeichen in dem Buch ein Eigenleben zu führen, ihre Position auf unerklärliche Weise zu verändern und eine seltsame dunkle Aura auszustrahlen, die die Archäologen, die sie betrachten, beunruhigt. Sie scheinen sogar eine flüsternde Stimme in ihren Köpfen zu hören, die in einer unbekannten und unheimlichen Sprache flüstert und sie nicht in Ruhe lässt.

Die Mitglieder beginnen zu spüren, dass sie von etwas Dunklem und Bösem verfolgt werden, und erkennen, dass sie einen Weg finden müssen, die Zeichen zu stoppen, bevor es zu spät ist. Aber wie können sie etwas bekämpfen, das sie weder sehen noch vollständig verstehen können?

Die Spannung und die Angst im Team nehmen zu, als sich die ominösen Zeichen verdichten, und sie wissen, dass sie sich in einem Wettlauf gegen die Zeit befinden, um das Geheimnis des Buches der verfluchten Zeichen zu lüften und sich vor den dunklen Kräften zu schützen, die es entfesselt zu haben scheint.

Kapitel 3

Die Mitglieder des archäologischen Teams untersuchen weiterhin das Buch der verfluchten Zeichen, aber die unheimlichen Zeichen werden immer stärker. Zusätzlich zu den beunruhigenden Träumen und Kopfschmerzen bemerken sie ein seltsames Verhalten der Tiere, die in der Umgebung der Stätte leben, denn von Vögeln bis zu Hunden wurden einige Bewohner zu Tode angegriffen, und aus diesem Grund gehen die Menschen abends nicht mehr aus dem Wald.

Die Vögel scheinen aufgeregt zu sein und fliegen scheinbar sinnlos im Kreis, während die örtlichen Hunde und Katzen aggressiver und nervöser sind als sonst. Selbst die Kühe und Pferde auf dem Land scheinen unruhig zu sein und ihre Ställe nur ungern zu verlassen.

Die Situation wird noch seltsamer, als sie feststellen, dass die Tiere seltsamen und unnatürlichen Mustern zu folgen scheinen. Die Vögel fliegen in seltsamen Formationen und scheinen einem bestimmten Muster am Himmel zu folgen, während die Landtiere in einer geraden Linie laufen, ohne abzuweichen, als ob sie einer Art unsichtbaren Route folgen würden.

Die Archäologen hegen den Verdacht, dass die Zeichen im Buch die Tierwelt in der Umgebung beeinflussen könnten. Sie sind jedoch unsicher, wie sie die Auswirkungen des Buches aufhalten und die Tiere und sich selbst schützen können. Inzwischen scheinen die Zeichen im Buch immer komplexer und zahlreicher zu werden. Die Archäologen erkennen, dass sie sich in einem Wettlauf mit der Zeit befinden, um das Geheimnis des Buches zu lüften, bevor es zu spät ist.

Kapitel 4

Nach einer langen, schlaflosen Nacht wacht einer der Archäologen mit einem ängstlichen, üblen Gefühl im Magen und einem Anflug von Durchfall auf. Zunächst glaubt er, dass es sich nur um den Stress und die Anspannung handelt, die sich bei den Recherchen für das Buch angesammelt haben, doch bald merkt er, dass mehr dahintersteckt. Jedes Mal, wenn er die Augen schließt, findet er sich in einem wiederkehrenden Albtraum wieder, der ihn erschreckt. In diesem Alptraum findet er sich in einer Art dunklem, endlosem Labyrinth wieder, dessen Wände aus Zeichen aus dem Buch der verfluchten Zeichen zu bestehen scheinen, und im Hintergrund erscheint ein makabres, gesichtsloses Wesen.

Während er sich durch das Labyrinth bewegt, beginnen sich die Zeichen zu bewegen und zu verändern, und bald wird ihm klar, dass er von etwas verfolgt wird, das er nicht sehen kann. Er spürt heißen Atem an seinem Hals und hört schwere Schritte hinter sich. Jedes Mal, wenn er aufwacht, spürt er die dunkle und bedrohliche Präsenz des Albtraums um sich herum. Er kann ihm nicht entkommen und fühlt sich mehr und mehr im Labyrinth der Zeichen gefangen, daher die Erklärung für die Angst und dafür, dass sein Körper in der Realität flüssige Exkremente in Form eines Stroms produziert, daher der Grund, warum er beim Scheißen gefunden wurde.

Dem Rest des Teams fallen sein seltsames Verhalten und sein Schlafmangel auf. Sie machen sich Sorgen um ihn und den Einfluss des Buches der verfluchten Zeichen auf seine geistige Gesundheit. Als sie versuchen, ihn auf seinen wiederkehrenden Albtraum anzusprechen, stellen sie fest, dass sie alle beunruhigende und seltsame Albträume haben, die mit dem Buch zusammenhängen.

Die Archäologen sind sich nun völlig sicher, dass das Buch der verfluchten Zeichen nicht nur Tiere und Natur, sondern auch ihre Gedanken und Träume beeinflusst. Das Buch scheint mit einer Art dunkler, übernatürlicher Kraft verbunden zu sein, die die Kontrolle über ihr Leben und alles andere übernimmt.

Kapitel 5

Nachdem sie tagelang das Buch der verfluchten Zeichen studiert haben, verschwindet einer der Archäologen spurlos. Die anderen Mitglieder des Teams bemerken sein Fehlen, als sie nach einem Tag harter Arbeit an der Ausgrabungsstätte zum Hauptzelt zurückkehren.

Besorgt und verwirrt beginnen sie, in der Umgebung nach ihm zu suchen, finden aber keine Hinweise auf seinen Aufenthaltsort. Das einzige, was sie finden, sind einige lose Seiten aus dem Buch der verfluchten Zeichen in der Nähe seines Zeltes. Schon bald kehren die wiederkehrenden Albträume, die sie zuvor hatten, mit größerer Intensität zurück, und sie haben Halluzinationen und seltsame Visionen. Es scheint, dass das Buch einen noch größeren Einfluss auf ihren Geist ausübt.

Als sich die Situation verschlimmert, wird den Archäologen klar, dass etwas Unheimliches im Gange ist. Das Verschwinden ihres Kollegen und die seltsamen Visionen, die sie erleben, scheinen mit dem Buch der verfluchten Zeichen in Zusammenhang zu stehen. Aus Angst, sie könnten die nächsten sein, die verschwinden, beschließen die Archäologen, die Ausgrabungsstätte zu verlassen und in die Stadt zurückzukehren, um die Behörden zu informieren. Doch schon bald merken sie, dass sie sich dem Einfluss des Buches nicht so einfach entziehen können.

Während sie sich auf den Weg in die Stadt machen, spüren sie, dass sie jemand verfolgt. Sie hören Schritte hinter sich und spüren die dunkle, bedrohliche Präsenz, die sie die ganze Zeit verfolgt hat. Plötzlich verschwindet einer der Archäologen mitten in der Nacht und hinterlässt keine Spur. Die anderen stellen fest, dass sie nicht sicher sind, wer oder was hinter ihrem Verschwinden und ihren Visionen steckt. Mit zunehmender Angst und Paranoia fragen sich die Archäologen, ob sie den Fluch des Buches der verfluchten Zeichen überleben werden oder ob auch sie spurlos verschwinden werden.

Kapitel 6

Nach dem Verschwinden eines weiteren Kollegen sind die Archäologen verängstigter und verwirrter denn je, und viele sind verzweifelt. Sie beschließen, in einem kleinen Dorf in der Nähe der Ausgrabungsstätte Zuflucht zu suchen, auf der Suche nach Hilfe und Schutz.

Dort treffen sie auf einen geheimnisvollen alten Mann, der viel über den Fluch des Buches der verfluchten Zeichen zu wissen scheint. Der alte Mann warnt sie, dass sie in großer Gefahr sind und sagt ihnen, dass das Buch ein böses Objekt ist, das niemals hätte gefunden werden dürfen. Der alte Mann erzählt ihnen die Legende eines alten Stammes, der das Buch in einer geheimen Gruft versteckt hatte, um die Welt vor seinem bösen Einfluss zu schützen. Mit der Zeit wurde das Buch jedoch von Archäologen entdeckt, die auf der Suche nach verlorenen Schätzen waren, und nun ist der Fluch gebrochen.

Der alte Mann sagt ihnen auch, dass der einzige Weg, den Fluch zu brechen, darin besteht, das Buch zu seiner letzten Ruhestätte in der geheimen Gruft des Stammes zurückzubringen. Dies ist jedoch leichter gesagt als getan, da der genaue Ort des Grabes unbekannt ist. Trotz der Warnungen des alten Mannes beschließen die Archäologen, die Suche nach dem Buch fortzusetzen, um das Geheimnis hinter dem Fluch zu lüften.

Doch je tiefer sie in die Ausgrabungsstätte vordringen, desto klarer wird ihnen, dass der Fluch real ist und dass sie sich in ständiger Gefahr befinden. Die Albträume und seltsamen Visionen nehmen zu, und es wird immer schwieriger, Realität und Fantasie zu unterscheiden.

In der Zwischenzeit taucht der geheimnisvolle alte Mann immer wieder in den Träumen der Archäologen auf und erinnert sie daran, wie wichtig es ist, das Buch an seinen endgültigen Platz zurückzubringen, bevor es zu spät ist.

Kapitel 7

Nach intensiven Albträumen und Begegnungen mit dem mysteriösen alten Mann beschließen die Archäologen, in einer nahe gelegenen Bibliothek nach weiteren Informationen über den Stamm und das Buch zu suchen. Dort finden sie alte, verstaubte Bücher, die Informationen über den Stamm und seine Kultur zu enthalten scheinen. Nach stundenlangem Suchen finden sie ein altes Manuskript, in dem das geheime Grab des Stammes beschrieben wird. Das Manuskript beschreibt, dass sich das Grab in einer Höhle in den Bergen befindet, umgeben von einem kristallklaren See. Es erwähnt auch die Rituale, die notwendig sind, um den Fluch des Buches der verfluchten Zeichen zu brechen.

Die Archäologen nehmen all diese Informationen zur Kenntnis und beschließen, in die Berge aufzubrechen, um die Höhle und das geheime Grab des Stammes zu finden. Doch die Reise ist nicht einfach. Die Berge sind tückisch und das Wetter ist unberechenbar. Außerdem scheint der Fluch des Buches sie zu verfolgen, da sie unterwegs seltsame Visionen und böse Erscheinungen erleben. Nach einer langen Wanderung von mehr als 8 Stunden erreichen sie schließlich die Höhle und entdecken den im Manuskript beschriebenen kristallklaren See. Aber sie entdecken auch, dass sie nicht allein sind. Eine Gruppe mysteriöser Menschen ist dort, und auch sie scheinen auf der Suche nach dem Buch der verfluchten Zeichen zu sein. Die Archäologen erkennen, dass sie schnell handeln müssen, wenn sie verhindern wollen, dass das Buch in die falschen Hände gerät.

Sie beschließen, die im Manuskript beschriebenen Rituale anzuwenden, um den Fluch des Buches zu brechen und es zu seiner letzten Ruhestätte in der geheimen Gruft des Stammes zurückzubringen. Doch während sie die Rituale durchführen, stellen sie fest, dass die mysteriösen Menschen sie ebenfalls beobachten und versuchen könnten, sie aufzuhalten.

Kapitel 8

Nachdem sie die Höhle und den kristallklaren See gefunden haben, beschließen die Archäologen, das in dem alten Manuskript beschriebene Ritual durchzuführen, um den Fluch des Buches der verfluchten Zeichen zu brechen. Doch bevor sie beginnen, beschließen sie, eine Pause einzulegen, um sich auszuruhen und vorzubereiten. Sie wissen, dass das Ritual gefährlich ist und dass sie auf alles gefasst sein müssen, was passieren könnte.

Während sie sich ausruhen, hat einer der Archäologen das seltsame Gefühl, dass etwas nicht stimmt. Er hat das Gefühl, dass sie beobachtet werden und dass etwas Dunkles in den Schatten lauert. Die anderen glauben jedoch, dass sie sich das nur einbilden, und beschließen, weiterzumachen. Sie beginnen mit den Vorbereitungen für das Ritual, bei dem sie bestimmte Kräuter verbrennen und uralte Machtworte rezitieren. Doch während sie fortfahren, bemerken sie Veränderungen in ihrer Umgebung. Die Schatten werden länger, der Wind wird kalt und das Wasser des Sees beginnt sich heftig zu bewegen. Ein unangenehmer Geruch liegt in der Luft und ein Gefühl der Gefahr schwebt über ihnen. Plötzlich beginnen die Kräuter mit einem seltsamen, dunklen Feuer zu brennen, und die Worte der Macht, die sie rezitieren, scheinen auf unheimliche Weise in der Luft widerzuhallen.

In diesem Moment sehen sie die dunklen Gestalten, die sich in den Schatten bewegen. Es sind humanoide Gestalten mit glühenden Augen und verdrehten Zügen, die sich den Archäologen langsam nähern. Die Archäologen versuchen, mit dem Ritual fortzufahren, aber die dunklen Gestalten umringen sie und beginnen, sie in die Schatten zu ziehen. In diesem Moment wird einem der Archäologen klar, dass er bei der Rezitation der Worte der Macht einen Fehler gemacht und etwas beschworen hat, das nicht hätte beschworen werden dürfen.

Die Spannung erreicht ihren Höhepunkt, als die Archäologen um ihr Leben kämpfen und versuchen, das von ihnen begonnene Ritual rückgängig zu machen. Doch es ist zu spät. Die dunkle Kreatur wurde herbeigerufen und scheint sich an denen rächen zu wollen, die sie geweckt haben.

Kapitel 9

Nach dem fehlgeschlagenen Beschwörungsritual kehren die Archäologen mit einem Gefühl des Versagens und der Angst in ihren Herzen in ihr Lager zurück. Sie wissen, dass sie etwas Dunkles und Gefährliches freigesetzt haben, und sie sind nicht sicher, wie sie es kontrollieren können. Aber wenigstens sind sie lebendig zurückgekommen, sagen sie sich als eine Art Trost.

Doch im Laufe der Tage häufen sich die ominösen Zeichen. Die Tiere im Wald verhalten sich weiterhin seltsam, und die Archäologen haben immer wieder Albträume von den dunklen Gestalten, die sie am See umgaben. Darüber hinaus tauchen überall die seltsamen Zeichen aus dem Buch der verfluchten Zeichen auf. Auf Bäumen, auf Felsen, sogar auf der Haut der Archäologen. Die Zeichen scheinen zu brennen und zu schmerzen, und jedes Mal, wenn sie auftauchen, verstärkt sich das Gefühl der Gefahr.

Die Archäologen beginnen erneut, mehr über das Buch und seine Geschichte herauszufinden. Sie finden heraus, dass es vor Jahrhunderten von einem dunklen Kult geschaffen wurde, der eine uralte und mächtige Kreatur anbetete, und dass sie das Buch benutzten, um sie zu beschwören und ihre Befehle auszuführen. Doch der Kult wurde schließlich von den Mächten des Guten vernichtet, und das Buch ging im Laufe der Zeit verloren, offensichtlich bis heute.

Die Archäologen beginnen zu erkennen, dass das Buch der verfluchten Zeichen viel gefährlicher ist, als sie zunächst dachten. Es ist nicht nur ein altes verfluchtes Buch, sondern ein Instrument dunkler Macht, das aus seinem Gefängnis befreit wurde. Die Archäologen versuchen, das Buch im Feuer zu vernichten, müssen aber feststellen, dass dies unmöglich ist. Das Buch scheint lebendig zu sein, und jedes Mal, wenn sie versuchen, es zu verbrennen oder zu zerstören, erscheinen an seiner Stelle die Spuren der verfluchten Zeichen.

Die Spannung im Lager steigt, als die Archäologen erkennen, dass sie in einer Situation gefangen sind, die sie nicht kontrollieren können. Einige schreien vor Angst, andere machen sich buchstäblich in die Hose. Die Kreatur, die sie beschworen haben, scheint jeden Tag näher zu kommen, und sie wissen nicht, wie sie sie aufhalten können.

Kapitel 10

Die Archäologen sind verzweifelt. Sie wissen nicht, wie sie die Kreatur, die sie entfesselt haben, aufhalten sollen, und die verfluchten Zeichen werden von Tag zu Tag häufiger und stärker.

In diesem Moment hat einer der Archäologen, ein junger und ehrgeiziger Mann, eine schreckliche Idee. Er weiß, dass die Kreatur, die sie herbeigerufen haben, ein Menschenopfer braucht, um sie bei Laune zu halten und nicht alles zu zerstören, was ihr im Weg steht. Wenn sie ihm ein Opfer darbringen können, können sie es vielleicht kontrollieren und eine Katastrophe verhindern.

Die anderen Archäologen weigern sich jedoch, die Idee in Betracht zu ziehen, aber der junge Mann verfolgt seinen Plan weiter. Mit der Hilfe einiger Einheimischer findet er ein geeignetes Opfer: einen Bettler, der im Wald lebt. Mit Hilfe von Täuschungsmanövern bringt der junge Mann den Bettler zu dem Ort am See, fesselt ihn dort gewaltsam und beginnt ein Opferritual durchzuführen. Doch die Dinge gehen schrecklich schief. Die Kreatur scheint außer Kontrolle geraten zu sein und gibt sich mit dem Opfer nicht zufrieden. Stattdessen beginnt sie, Archäologen und Einheimische anzugreifen und verursacht unvorstellbares Chaos und Zerstörung.

Die Archäologen versuchen zu fliehen, aber die Kreatur scheint überall zu sein. Und während sie sich ihren Weg durch den Wald bahnen, wird ihnen klar, dass es diesmal vielleicht kein Entkommen gibt.

Kapitel 11

Die Archäologen werden von der Kreatur verfolgt, seit sie von der Opferstätte geflohen sind. Sie sind erschöpft und verwundet, und es fällt ihnen zunehmend schwer, zusammenzuhalten.

In einem Moment der Ruhe beschließen sie, dass es am besten ist, sich in kleinere Gruppen aufzuteilen, um zu versuchen, der Kreatur zu entkommen. Aber die Kreatur scheint genau zu wissen, wo sie sich befinden, und jede Gruppe wird von teuflischen Gestalten verfolgt und angegriffen.

Eine der Archäologinnen, eine Frau namens Laura, hat eine Idee. Sie erinnert sich, dass sie bei ihren Nachforschungen in der Bibliothek Informationen über einen Schutzzauber gefunden hat, der ihre einzige Hoffnung auf Überleben sein könnte. Wenn sie die notwendigen Zutaten für den Zauberspruch finden könnten, könnte er vielleicht funktionieren.

Das Problem ist, dass die Zutaten selten und gefährlich zu beschaffen sind. Dazu gehören das Blut eines mythischen Tieres und die Wurzeln einer giftigen Pflanze, die nur tief im Wald wächst. Sie beschließen jedoch, dass sie keine andere Wahl haben. Sie teilen ihre Gruppe in zwei Gruppen auf, in der Hoffnung, dass zumindest eine der Gruppen in der Lage sein wird, die notwendigen Zutaten zu beschaffen, den Zauber zu sprechen und zu entkommen.

Aber beide Gruppen werden von der Kreatur gejagt, und die Zeit läuft ab. In ihrer Verzweiflung beschließt eine der Gruppen zu versuchen, das Wesen abzulenken, damit die andere Gruppe die Zutaten bekommen kann. Doch der Plan scheitert, und die Kreatur greift die Gruppe an, die sie ablenken will. Die Archäologen können nicht entkommen und die Kreatur scheint gewonnen zu haben.

Kapitel 12

Nach dem Angriff der Kreatur gelingt es der verbliebenen Gruppe von Archäologen, die notwendigen Zutaten für den Schutzzauber zu beschaffen. Mit neuer Hoffnung kehren sie zu dem Ort zurück, an dem sie das Buch der verfluchten Zeichen gefunden haben. Dort führen sie das Schutzritual durch, doch währenddessen bemerkt einer der Archäologen etwas Seltsames. Als der Zauber vollendet ist, beginnt das Buch der verfluchten Zeichen in einem seltsamen Licht zu leuchten.

Plötzlich öffnet sich das Buch von selbst und eine tiefe, unheimliche Stimme beginnt zu sprechen. Die Stimme offenbart ihnen, dass der wahre Zweck des Buches nicht darin besteht, diejenigen zu verfluchen, die es lesen, sondern ein uraltes und mächtiges Wesen zu beschwören, das jeden Wunsch erfüllen kann, den man an es stellt. Die Archäologen erschrecken über diese Enthüllung. Die ganze Zeit über hatten sie versucht, einen Fluch zu stoppen, der in Wirklichkeit ein Mittel zur Beschwörung eines sehr mächtigen Wesens war.

Doch jetzt ist es zu spät, umzukehren. Die Kreatur wurde bereits herbeigerufen und ist nicht bereit, die Archäologen entkommen zu lassen. Die Macht der Kreatur wird immer größer, und sie beginnt, in der realen Welt Gestalt anzunehmen. Die Archäologen erkennen, dass ihre einzige Möglichkeit darin besteht, einen letzten Versuch zu unternehmen, die Kreatur aufzuhalten, bevor es zu spät ist. Aber selbst wenn es ihnen gelingt, sie zu besiegen, wie können sie das, was sie ausgelöst haben, wieder rückgängig machen? Und welche Folgen hat die Beschwörung einer so mächtigen Kreatur?

Kapitel 13

Die Archäologen befinden sich in einer verzweifelten Situation. Die Kreatur, die durch das Buch der verfluchten Zeichen herbeigerufen wurde, ist zum Leben erwacht und ist entschlossen, sich zu holen, was sie will, egal, welche Konsequenzen das für die Welt hat.

Die Archäologen müssen um ihr Überleben kämpfen, während sie versuchen, einen Weg zu finden, die Kreatur aufzuhalten. Doch jedes Mal, wenn sie ihr begegnen, stellen sie fest, dass sie mächtiger ist, als sie es sich vorgestellt haben. Unterdessen tauchen in der Welt um sie herum immer wieder unheimliche Zeichen auf. Tiere verhalten sich weiterhin seltsam, und erschreckende Träume häufen sich.

Die Kreatur lässt sich jedoch nicht so leicht fangen. Wann immer die Archäologen in ihre Nähe kommen, setzt sie ihre große Kraft ein, um sie fernzuhalten. Doch die Archäologen geben nicht auf und kämpfen weiter um ihr Überleben und darum, die Kreatur aufzuhalten, bevor es zu spät ist. Nach einem langen Kampf mit Zaubersprüchen gelingt es den Archäologen schließlich, die Kreatur zu besiegen. Doch dabei stellen sie fest, dass das Buch der verfluchten Zeichen fehlt.

Die Archäologen fragen sich, was nun passieren wird, da das Buch in unbekannten Händen ist - wird eine weitere Kreatur herbeigerufen, werden weiterhin unheimliche Zeichen in der Welt auftauchen, oder können sie einen Weg finden, um zu verhindern, dass das Buch in die falschen Hände gerät?

Kapitel 14

Nach dem Kampf gegen die Kreatur, die durch das Buch der verfluchten Zeichen herbeigerufen wurde, sind die Archäologen erschöpft, aber sie wissen, dass ihre Arbeit noch nicht getan ist. Sie wissen, dass das Buch nach wie vor eine Bedrohung für die Welt darstellt und sie müssen einen Weg finden, seine Macht ein für alle Mal zu beenden.

Auf der Suche nach Hinweisen auf den Verbleib des Buches findet einer der Archäologen ein uraltes Manuskript in einer verlassenen Bibliothek. Das Manuskript beschreibt ein uraltes Ritual, mit dem die Kräfte des Buches für immer versiegelt werden können. Doch das Ritual erfordert ein letztes Opfer: ein Menschenleben.

Die Archäologen sind überwältigt von der Aussicht, jemanden opfern zu müssen, aber sie wissen, dass dies die einzige Möglichkeit ist, die Macht des Buches zu stoppen. Nach stundenlangen Diskussionen beschließen sie, dass das Opfer freiwillig sein muss und dass sie jemanden finden müssen, der bereit ist, sein Leben für das Wohl der Welt zu opfern. Nach eingehender Suche finden sie einen alten Mann, der sich freiwillig für das Opfer zur Verfügung stellt. Der alte Mann erklärt, er habe ein erfülltes Leben gelebt und sei bereit, sein Leben zum Schutz künftiger Generationen zu opfern.

Die Archäologen bereiten das Ritual vor und bringen den alten Mann zum Ort der Opferung. Während sie das Ritual durchführen, spüren sie, wie die Macht des Buches stärker wird und sich etwas Dunkles nähert. Aber sie spüren auch ein Gefühl des Friedens und dass sie das Richtige tun. Nach Abschluss des Rituals fühlen die Archäologen eine große Erleichterung und ein Gefühl des Triumphs. Sie wissen, dass die Macht des Buches für immer besiegelt ist und dass das Opfer des alten Mannes nicht umsonst war.

Als sie sich von der Opferstätte entfernen, wissen die Archäologen, dass sie das Richtige getan und die Welt vor einer großen Bedrohung bewahrt haben.

Kapitel 15

Nach der Opferung des alten Mannes und der Durchführung des Rituals zur Versiegelung der Macht des Buches der verfluchten Zeichen verspüren die Archäologen ein großes Gefühl der Erleichterung und des Triumphs. Doch der Frieden währt nicht lange.

Kurz nachdem sie nach Hause zurückgekehrt sind, bemerken sie eine Reihe seltsamer Vorkommnisse. Kleine Zeichen erscheinen an der Wand, auf dem Boden und auf den Gegenständen um sie herum. Es scheinen dieselben Zeichen zu sein, die auf dem verfluchten Buch erschienen, das sie für immer versiegelt zu haben glaubten. Die Archäologen verspüren ein Gefühl des Grauens und befürchten, dass das Buch wieder in ihren Besitz gelangt ist. Sie beschließen, der Sache nachzugehen und an den Ort zurückzukehren, an dem sie das Siegelritual durchgeführt haben.

Dort entdecken sie etwas noch Schrecklicheres: Das Buch der verfluchten Zeichen ist verschwunden. Sie wissen nicht, wie oder wer es entwendet hat, aber sie sind sicher, dass seine Macht stärker ist als je zuvor.

Während die Archäologen verzweifelt versuchen, das Buch zu finden, geschehen schreckliche Dinge. Die Tiere um sie herum fangen wieder an, sich seltsam zu verhalten, so als ob sie wieder von einer dunklen Macht kontrolliert würden. Unheilvolle Zeichen tauchen immer häufiger auf und die Archäologen haben immer wiederkehrende Albträume.

In einem verzweifelten Versuch, die Macht des Buches zu stoppen, beschließen die Archäologen, ein weiteres Ritual durchzuführen, um das Buch zu versiegeln und es ein für alle Mal zu zerstören. Aber sie wissen, dass sie dazu erst das Buch finden müssen. Die Archäologen setzen ihre verzweifelte Suche fort und entdecken schließlich den Mann, der für den Diebstahl des Buches verantwortlich ist: einen alten Mann, der von derselben dunklen Macht besessen zu sein scheint wie das Buch.

In einem verzweifelten Versuch, das Buch zu finden, bekämpfen die Archäologen den alten Mann mit Schlägen. Als der Kampf intensiver wird, bemerken die Archäologen etwas Seltsames an dem alten Mann. Er scheint sich in etwas Unmenschliches verwandelt zu haben, etwas, das nicht in diese Welt gehört. Nach einem blutigen und anstrengenden Kampf mit Mua Thai und

Boxen gelingt es den Archäologen schließlich, das Buch zu bergen und das Ritual zu vollziehen, um es zu versiegeln. Als sie jedoch versuchen, es zu zerstören, stellen sie fest, dass das Buch unzerstörbar ist. Sie haben seine Macht versiegelt, aber das Buch existiert immer noch. Und es ist eine sehr seltsame Sache.

Die Archäologen wissen, dass sie getan haben, was sie konnten, um die Welt zu schützen, aber sie fürchten, dass das Buch immer da sein wird und darauf wartet, von jemand anderem entdeckt zu werden.

Der verfluchte Tempel

Im Jahr 2099 hatte sich die Menschheit über das gesamte Sonnensystem ausgebreitet und Planeten und Monde kolonisiert, um das Überleben der menschlichen Spezies zu sichern. Einer dieser Planeten war Gamma-12Ut67, eine felsige Wüstenwelt, die zu einer wichtigen Quelle für Mineralien und Ressourcen für die größten Unternehmen der Erde geworden war.

Eine Gruppe von Forschern unter der Leitung der Wissenschaftlerin Jillian Wart war nach Gamma-12 geschickt worden, um eine Anomalie auf der Oberfläche des Planeten zu untersuchen. Zunächst schien es sich um einen einfachen Krater zu handeln, doch als sie mit der Erkundung begannen, entdeckten sie etwas, das sie innehalten ließ. Ein uralter, geheimnisvoller Tempel, der aus reinem Fels gehauen war und seit Millionen von Jahren verlassen schien. Der Ort war mit Staub und Sand bedeckt, aber trotz seines verwitterten Aussehens hatte er etwas an sich, das die Aufmerksamkeit der Forschergruppe, auf die sie stießen, auf sich zog.

Bei der sorgfältigen Erkundung des Tempels fanden sie plötzlich in einem versteckten Raum ein uraltes Buch. Das Buch war mit einer Art Leder überzogen und hatte seltsame Symbole auf dem Einband eingraviert. Zunächst schien es ein einfaches altes Buch aus einer untergegangenen Zivilisation zu sein, aber als sie es zu lesen begannen, entdeckten sie, dass es viel mehr als das war.

Die Worte schienen auf die meisten Expeditionsteilnehmer eine seltsame, hypnotische Wirkung zu haben, die sie zunehmend unruhig und ängstlich machte. Einige kratzten sich unbewusst, andere schnitten seltsame Grimassen und wieder andere verfielen in kleine Ekstasen. Bald merkten sie, dass sie mit dem Öffnen des Buches etwas ausgelöst hatten, das sie nicht kannten. Das Wesen, von dem in dem Buch die Rede war, schien jenseits des menschlichen Vorstellungsvermögens zu sein. Es war etwas völlig Unerhörtes und Unbekanntes, und als die Gruppe tiefer in die Tiefen des riesigen Tempels vordrang, wurde ihnen klar, dass sie einen schrecklichen Fehler begangen hatten, als sie etwas unterbrachen, das niemals hätte geweckt werden dürfen.

Und dann geschah das, was sie am meisten fürchteten: Die Kreatur tauchte vor ihnen auf, erschien und verschwand in der Dunkelheit und ließ sie in völliger Angst gefangen. Seine Präsenz war überwältigend, und seine bloße Existenz schien sich jeglicher Logik und Vernunft zu widersetzen, kurzum, es war ein chaotisches Wesen.

Bei dem Versuch, aus dem Tempel zu entkommen, stieß die Gruppe auf eine Reihe scheinbar unüberwindbarer Hindernisse. Eine Art dunkler Nebel schien sie zu umgeben und gefangen zu halten, so dass sie jedes Gefühl für Zeit und Raum verloren. Außerdem scheint diese Kreatur jede ihrer Bewegungen zu beobachten und ihnen kryptische Worte zuzuflüstern, die sie quälen und emotional auslaugen.

Nach Stunden unglaublicher Angst und Schrecken verließ die Gruppe den Tempel und fand eine trostlose, neblige Landschaft vor, die sich so weit zu erstrecken schien, wie das Auge reicht. Sie wussten nicht mehr, ob das, was sie sahen, Realität war oder eine Illusion, die von dem Wesen geschaffen wurde, das sie verfolgte. Die Abenteurer sind auf dem Planeten gestrandet, werden von dieser Kreatur verfolgt und können nicht nach Hause zurückkehren.

Anna und ihr Team von Wissenschaftlern haben jahrelang nach einem bewohnbaren Planeten gesucht, den die Menschheit kolonisieren kann. Nach vielen gescheiterten Versuchen haben sie schließlich einen scheinbar perfekten Planeten gefunden. Doch als sie dort landeten, stellten sie fest, dass etwas nicht stimmte. Der Planet ist in einen dichten Nebel gehüllt, der die Sicht auf einige Meter begrenzt. Außerdem herrschte eine unheimliche Stille in der Luft, so als gäbe es kein Leben auf dem Planeten. Dennoch beschloss die Gruppe, den Ort zu erkunden. Nicht wissend, was sie mit dem verfluchten Schrecken, der das erste Forscherteam in seinen Klauen hatte, anstellen würden.

Stunden später fanden sie inmitten des Nebels einen verlassenen Tempel. Obwohl der Tempel verlassen war, umgab ihn eine seltsame und geheimnisvolle Aura, die die Aufmerksamkeit des Spähtrupps auf sich zog. Anna und ihr Team beschlossen, dorthin zu gehen, um zu sehen, ob sie etwas Interessantes finden könnten. Im Inneren des Tempels fanden sie ein uraltes Buch, das aus einem unbekannten Material hergestellt zu sein schien. Anna, eine Expertin für alte Sprachen, begann, das Buch laut vorzulesen. Doch während sie dies tat, geschah etwas Seltsames.

Das Buch schien eine hypnotische Wirkung auf die Gruppenmitglieder zu haben und machte sie zunehmend unruhig und nervös. Einige fingen an, unbewusst kleine Wunden mit ihren Fingernägeln zu machen, während andere anfingen, unregelmäßige Bewegungen mit ihrem Kopf und ihren Händen zu machen. Einige Minuten nach diesen kleinen Trancezuständen wurde ihnen klar, dass sie mit dem Öffnen des Buches etwas Unheimliches im Tempel freigesetzt hatten.

Und genau wie die erste Gruppe von Forschern scheint die im Buch beschriebene Kreatur etwas völlig Fremdes zu sein, und als sie tiefer in das alte Gebäude eindringen, erkennen sie, dass sie einen schrecklichen Fehler begangen haben, als sie diesen verfluchten Ort betraten.

Und dann, genau wie bei der ersten Gruppe, die bereits freigelassen worden war, tauchte die Kreatur vor ihnen auf, erschien und verschwand auf dieselbe Weise wie zuvor und ließ sie fassungslos zurück, ohne zu wissen, was sie tun sollten. Und dort an diesem Ort ereilte sie mit Sicherheit ihr endgültiges

Schicksal: bestenfalls ein schrecklicher und schneller Tod, schlimmstenfalls aber ein ewiger Alptraum in einer vielleicht latenten Dimension von Zeit und Raum.

Dankeschön